LA VIE PASSE COMME UNE ÉTOILE FILANTE : FAITES UN VŒU

De la même auteure :

Dessins à la plume, Hurtubise HMH, 1979
Histoires entre quatre murs, Hurtubise HMH, 1981
L'autre, l'une (coauteure), Le Roseau, 1987
Dernier accrochage, XYZ éditeur, 1990

DIANE-MONIQUE DAVIAU

La vie passe comme une étoile filante : faites un vœu

récits
fragments
éclats

L'inſtant même

Maquette de la couverture : Anne-Marie Guérineau

Illustration de la couverture : Lateral Blackheads *de Faye Fayerman*
Huile et cire sur toile (173 × 242,8 cm)
Collection Prêt d'œuvres d'art du Musée du Québec (CP. 83.191)
Photographe : Patrick Altman

Photocomposition : Imprimerie d'édition Marquis

Distribution pour le Québec : Diffusion Dimedia
539, boulevard Lebeau
Saint-Laurent (Québec)
H4N 1S2

© *Éditions de L'instant même*
C.P. 8, succursale Haute-Ville
Québec (Québec)
G1R 4M8

Dépôt légal — 3ᵉ trimestre 1993

Données de catalogage avant publication (Canada) :

Diane-Monique Daviau, 1951-

   La vie passe comme une étoile filante : faites un vœu : nouvelles

   ISBN 2-921197-30-8

   I. Titre.

PS8557.A72V53 1993   C843'.54   C93-097084-5
PS9557.A72V53 1993
PQ3919.2.D38V53 1993

La publication de ce livre a bénéficié de l'aide financière du Conseil des Arts du Canada et du ministère de la Culture du Québec.

À la mémoire de ma mère
qui a traversé ma vie
comme un météore

I

Les kangourous broutent la nuit par petits groupes

pour Lou

La salle resta plongée dans la pénombre. À l'écran, un générique défilait sur fond de musique slave qui vous prenait aux tripes et vous vissait à votre fauteuil.

Malgré la douce pénombre, il ferma les yeux.

Il serait bien resté des jours et des jours ainsi, comme quelqu'un à qui la vie ne pèse pas, quelqu'un de si lourd que la vie ne peut vraiment pas lui peser.

Il était bien, comme ça, et pendant que la musique se roulait inévitablement en boule dans sa gorge et le lestait à chaque instant encore davantage dans son fauteuil, il se fraya lentement un chemin à travers les arbustes australiens et franchit avec précaution le seuil de ses souvenirs. (Par delà les broussailles désolées d'acacias un peu rabougris, les eucalyptus nains, par delà les buissons serrés et les arbustes très épineux, on ouvre une porte, marchant sur la pointe des pieds, retenant sa respiration, on pénètre dans un lieu plein de ce qui doit être le début d'une vie, on referme la porte derrière soi sans faire le moindre bruit. Et là, on découvre... un volcan.) Attentif et inquiet jusqu'au fond du cœur, il

11

s'approcha du cratère tel qu'il l'avait toujours imaginé. Plus de steppe, plus de savane, juste du feu qu'on attendait et qui n'a jamais surgi, jamais jailli. Une ville construite sur un volcan. Éteint depuis longtemps. Et qui, malgré les souhaits, aux anniversaires et à Noël, le premier de l'an et tous les vendredis 13, malgré les cris et les menaces, ne se réveilla jamais.

Sur ce volcan endormi, il neigeait souvent. Alors, on prenait des luges, des toboggans, des soucoupes volantes et des tapis magiques et on dévalait les pentes du volcan pendant des heures. On riait dans l'air glacial, on ne sentait pas du tout le froid, et à Noël, à la campagne, les traîneaux dans lesquels on se serrait pour se rendre à la messe de minuit ressemblaient énormément à cette troïka sur laquelle s'était arrêtée la dernière image du film.

La musique tombait comme de la neige et recouvrait la troïka, mollement, langoureusement, comme si ça n'allait plus jamais finir, comme si, à un moment, la neige allait tout simplement déborder de l'écran et se répandre sur les fauteuils et envahir la salle et s'enrouler autour de lui, douce et sensuelle, triste et coulante comme du miel, comme de la musique.

Sur la dernière image du film, il y avait aussi le crépuscule qui tombait. En même temps que la neige. Un homme tournait le dos aux autres pendant que la neige s'amoncelait entre eux et lui. Elle tombait, tombait, et l'homme à l'écran s'éloignait à pas lents, les autres le regardaient s'en aller, s'éloigner, et personne ne savait vers où il marchait, comme ça, dans la neige, et la musique slave qui vous fissurait le cœur.

Comme une coulée de lave, les plaintes et les grondements du violoncelle eurent bientôt raison de tous les souvenirs de volcan enneigé et, toute résistance vaincue, l'étranger dans la petite salle de cinéma de Bunbury, Australie, rouvrit les yeux et posa son regard sur l'homme qui, à l'écran, bien qu'immobile depuis plusieurs secondes et déjà très loin, n'en finissait plus de partir et de laisser les autres derrière lui, de se fondre dans le paysage, de disparaître.

Laisse aller, se dit-il, c'est très bien comme ça.

Lui ou moi, se dit-il, lui ou lui c'était la même chose ou à peu près : un pays complètement à l'autre bout du monde ; de la neige ; des sons, des cris, des voix et des bruits qu'on quitte sans y penser et qui vous manquent un jour comme si sans eux vous ne saviez plus quoi faire de toutes ces oreilles que vous avez ; des images agrandies mille fois et qui défilent dans votre tête à longueur de semaine, des détails grossis par l'absence, de minuscules choses absolument énormes, la forme des poignées de portes, le bouton de l'interrupteur électrique, le listel des pièces de monnaie, cette sensation dans la main, différente, et qui chaque fois vous surprend.

Dans la salle ne restaient plus que trois ou quatre personnes, chacune apparemment soudée elle aussi à son fauteuil, et il se surprit à penser qu'il ne s'était jamais senti si entouré, aussi près de quelqu'un que de ces inconnus-là. Avec eux, il avait tout plein de choses en commun, sûrement tout plein de choses, à commencer par ce sol qui tremblait sous leurs pieds, cette fissure qui s'élargissait de seconde en seconde, cette solitude qui était pire encore que le déracinement. Car ils étaient tous seuls, seuls avec la dernière image d'un film magnifique, seuls, chavirés, plongés dans la musique et leurs souvenirs, peut-être, et ne voulant plus en sortir, éblouis par cette image parce qu'elle était vraiment la seule possible après toutes les autres qui s'étaient succédé avant.

Il se sentait bien, là, tout près d'eux pour un instant, des gens recouverts de neige, enveloppés, comme lui, emmitou-flés, il faisait bon, il faisait chaud, et il aurait eu envie de rester là longtemps, intensément. Là, on ne savait plus où on était, on ne savait plus quelle heure il pouvait bien être, quel jour, quel mois, et cela n'avait plus la moindre importance.

Il était bien et sourit un peu, un tout petit peu, à peine mais un peu quand même, un sourire un peu las, c'est vrai, mais surtout étonné, très étonné : pour la première fois — et il sentit que cela pourrait bien ne plus jamais se reproduire — il ne se vit pas soudain cheval comme cela lui arrivait si souvent lorsqu'il se sentait bien, libéré d'un poids, en harmonie avec quelque chose, non, pour la toute première fois il se sentit kangourou, dressant certes l'oreille tout à fait comme un cheval, mais dressant justement l'oreille exactement comme un kangourou tend l'oreille comme un cheval.

Il se sentait paisible, submergé par ce qu'il y avait là, entouré. Oui, totalement kangourou.

Et tel un kangourou allongé sous un arbre, en appui sur un coude, regardant au loin, entouré d'autres kangourous allongés eux aussi dans la pénombre au pied des arbres, il savourait le crépuscule, le laissait entrer en lui comme la musique et la neige, et peu à peu, comme en surimpression sur l'écran, dans son esprit, dans son cœur, aussi, il les *vit*, ces kangourous, et les contempla pour la première fois comme s'ils faisaient *vraiment* partie de sa vie, du moins autant que le volcan d'un autre lieu, d'un autre temps : une heure environ avant le coucher du soleil, ils commençaient à se diriger, très lentement, calmement, vers les points d'eau. Car les kangourous — les roux sont les plus beaux —, les kangourous roux et leurs compagnes d'un gris bleu très doux, traînant un ou deux ou trois bébés dans la poche, préfèrent sortir au crépuscule. En petits groupes paisibles, ils se mettent en chemin et, à la fois extrêmement attentifs à ce qu'ils accomplissent et mus par une sorte de détachement superbe, ils se nourrissent pendant de longues heures, luzerne, trèfle, spinifex, pendant sept, neuf, dix heures, les kangourous au pelage roux broutent la nuit par petits groupes, placides, le regard flottant un cran au-dessus des choses, et...

Soudain, la musique —

La musique, soudain — et ce fut vraiment brutal, comme un coup de poing à l'estomac — s'arrêta. Il en eut le souffle coupé. Devant l'écran, un long rideau marine se referma. Les autres s'étaient levés presque d'un bond et quittaient maintenant la salle. Il...

Il se leva aussi, que pouvait-il faire d'autre ?

En se dirigeant vers la sortie, il pensa aux pommes qu'il mangeait au temps du volcan et s'imagina kangourou roux croquant dans une pomme rouge... Il faudrait qu'il essaie, pour voir : qu'il tende un jour une pomme à l'un de ces marsupiaux qui venaient parfois brouter l'herbe derrière la maison. La prendrait-il, la mangerait-il ?

Il poussa la porte du ciné et fut d'un seul coup sur le trottoir. Dehors, c'était dimanche après-midi, quinze heures trente, le soleil l'aveugla, il fronça les sourcils, plaça la main comme une visière au-dessus de ses yeux et chercha du regard si — mais alors il fut envahi par un sentiment d'irréalité, l'impression de se tenir à côté, juste à côté de ses souliers. Il recula d'un pas et jeta un regard circulaire. Ses gestes étaient très lents, comme on en voit parfois au cinéma, mais les siens étaient absolument authentiques. Presque paralysé par la révélation, il entendait son cœur battre à tout rompre et sentait nettement sous les aisselles la sueur couler à grosses gouttes. Il recula d'un autre pas et écarquilla les yeux, tout étonné : « C'est *ici* que désormais je vis ? Est-ce bien ici que désormais je vis et peut-être pour toujours ? »

Il avait dû s'adapter à tant de changements en si peu de temps, tout s'était enchaîné si vite...

De l'autre côté de la rue, une femme — sa femme — l'attendait, un bébé dans les bras : le leur, le sien. À moitié Australien. Était-ce possible ? était-ce *vraiment* possible ?

Et puis une fille est arrivée

Près de Fribourg-en-Brisgau, à la limite de la Forêt-Noire, dans un petit patelin de rien du tout, il y a une très jolie maison à l'abandon depuis une vingtaine d'années. Autrefois — il me semble que c'était l'été tout de suite après mai 68, mais est-ce possible, plus d'un quart de siècle déjà ? —, quelqu'un y avait fondé une commune.

Tout le monde pouvait vouloir y vivre et pendant quatre ans des gens sont arrivés, s'y sont installés, des gens qui se ressemblaient, et quand on mettait les pieds dans la maison, on ne remarquait rien de particulier.

Et puis une fille est arrivée, une vraie apparition, elle s'est tenue un instant dans l'encadrement de la porte, ils ont cru qu'elle cherchait son chemin, qu'elle voulait boire un coup ou passer un coup de fil, ils lui ont dit d'entrer et elle est restée trois mois.

En peu de temps elle avait fait de la maison *sa* maison. Tout lui ressemblait, comme si tout lui appartenait. Elle changeait les choses de place, les mettait à sa main. À sa portée. Les pliait, les tordait, les étirait, les écrasait. Pour qu'elles soient à la bonne hauteur, de la bonne largeur, assez petites, assez grandes, pour qu'elles soient à sa main, sa main à elle.

Après, on aurait dit qu'elles portaient... sa marque. Ils avaient du mal à se sentir chez eux parmi toutes ses choses à elle. Pourtant, la plupart du temps, c'étaient leurs choses à eux. Elle s'en servait une fois, même pas, elle les prenait dans ses mains, et puis elles étaient à sa main. À la place qu'elle avait choisie. Elle.

Quand elle a foutu le camp... Car un jour, elle a fait ses bagages et elle est partie. Comme ça. Comme elle était venue. Sans explications. Je vais voir ailleurs si j'y suis, salut ! Quand elle est partie, ils en ont eu pour des mois à errer dans la maison. Tout leur rappelait cette fille. Cette apparition de la beauté qui avait fait briller leurs yeux et à qui, pour cette raison, ils avaient tout pardonné, le peigne sur le rebord du lavabo, le savon tout mousseux, les serviettes qui pendouillent, le mauvais pli qu'elle donnait aux pantoufles qu'elle enfilait, écrasant l'arrière sous ses talons pour les porter comme des savates, ils avaient tout pardonné parce qu'elle était une apparition de la beauté, et puis parce qu'elle avait des gestes spontanés et une liberté immense qui semblait venir directement de l'enfance.

Quand elle les a quittés, ils se sont enfermés dans la maison. Ils ont tourné en rond. Ils ont marché dans la maison. Ils ont erré. Ils ont pris les choses dans leurs mains, toutes les choses, une par une, les ont touchées, caressées. Les ont serrées dans leurs bras. Embrassées, parfois. Appuyées contre leur front. Dans d'autres, ils ont enfoui leur visage. Plongé leur visage. Dans les oreillers. Les draps. Respiré l'odeur de son placard. Fait glisser sur leur peau des huiles et des crèmes. Pour retrouver son odeur. Pour pouvoir fermer les yeux et qu'elle soit là, tout près. Comme si elle n'était jamais partie. Une présence très intense.

Un vrai tourment.

Pendant tout un hiver ils ont regardé la porte dans l'espoir fou d'y voir une nouvelle fois, comme un cadeau du ciel, apparaître la fille. Puis ils ont dissous la commune, ils ont abandonné la maison qu'ils n'ont même pas cherché à vendre, ils sont tous partis.

Pour effacer les traces, les marques. Pour en finir avec elle.

Oublier. Guérir.

Tout petit

À Tina
pour plus tard

Sept heures. Un tout petit, deux ans et demi, presque trois ans, se lève sans faire de bruit. On dirait bien qu'il fait drôlement beau. Qu'est-ce que ça doit être bon d'être assis au soleil et de croquer dans une pomme !

Alors il se rend à la cuisine, ouvre le tiroir défendu, prend la plus grosse paire de ciseaux, attrape au passage une pomme bien juteuse et une pince à linge, revient dans sa chambre, referme doucement la porte, pose sa pomme sur le rebord de la fenêtre, fait une incision dans le store en partant du bas vers le haut puis relève le pan de tissu et le maintient en place à l'aide de la pince à linge, prend sa pomme, s'assoit dans le carré de soleil — trente, trente-cinq centimètres carrés, c'est tout ce qu'il faut à un tout petit — et il croque dans sa pomme.

Totalement !

Pendant qu'on s'endort, on entend la vieille Alexina, qui n'habite pas très loin, appeler son chien : « Papou ! Papou ! » Sa voix douce et légèrement chevrotante nous réconforte. On entend le chien répondre à l'appel par un aboiement joyeux. La vieille Alexina lui caresse la tête. On le sait, on l'a déjà vue faire. « Viens, mon Papou ! » dit-elle à plusieurs reprises, « viens, mon Papou ! » On s'endort en pensant à Papou et à la vieille Alexina, un peu toquée, mais qu'on aime très très fort. On s'endort heureux et on dort calmement. Si on fait un rêve, il est paisible. Léger. Coloré et léger.

Ses mains, ses mains à lui restent ouvertes pendant le sommeil. On le sait, on le regarde souvent dormir. Des mains enveloppantes et chaudes qui font s'écarquiller les yeux d'étonnement. Quand il sert le vin, coupe le pain, défait le lit, quand il vous les tend, on se dit, chaque fois médusé : comme il a des mains rassurantes ! de grandes mains rassurantes, invitantes, voilà des mains beaucoup trop grandes pour la petitesse de l'univers, voilà des mains immenses entre lesquelles je vais me perdre, on oublie soudain le goût de toute chose, on ne désire plus que ces mains-là, lucides, généreuses, on les désire tellement, on les désire tellement totalement que brusquement on en a presque honte.

On dort longtemps et on rêve à des villes et des villages qu'on a aimés. On revoit les maisons étroites d'Amsterdam se reflétant dans l'eau des canaux ; une campagne anglaise ; une île grecque avec son église, son école et son fouillis de maisons blanches à volets bleus ; s'étageant au flanc d'une pente, un assemblage de maisons provençales, soudées les unes aux autres comme les alvéoles d'un guêpier accroché au rocher ; on revoit des *bories* perdues dans les champs, les Dentelles de Montmirail, des gorges encaissées et des plateaux déroulant leurs champs de lavande et leurs olivettes.

Des jets de lumière traversent nos rêves comme des météorites.

On se souvient du premier jour, du premier regard. Chaque œil un lapis-lazuli en forme d'oiseau, rien de moins. Un sourire qui passe infailliblement par les yeux, un sourire outremer qui naît au milieu de l'œil et s'irise en atteignant les cils. Ce visage, une caresse, totalement.

Quand on s'éveille, on entend Alexina qui appelle son chien. On entend Papou japper. On a bien dormi. On est chanceux. On a déjà été très très malheureux. Mais maintenant, on est chanceux. C'est peut-être lui qui nous porte bonheur ?

Le bruit d'un avion qui décolle

La plus petite lève les yeux vers la plus grande et la plus grande détourne le regard, baisse la tête et fixe gravement le bout de ses souliers. Alors la petite caresse un des bras ballants de la grande.

« Ça fait laid, hein ?

— Une pièce vide, c'est toujours laid.

— Surtout celle-là.

— C'est à cause des caisses empilées contre le mur. »

La petite soupire, s'accroupit, reste ainsi quelques minutes, comme si elle contemplait les caisses et, tout à coup, prend appui sur les mains et la tête et fait la culbute. Elle se relève en riant d'un petit rire nerveux. Elle passe la main sur sa robe, époussette son collant.

« Papa disait toujours que son bureau était trop petit, mais on pourrait presque en faire un gymnase ! »

Elle ponctue sa phrase d'un son censé ressembler à un éclat de rire.

« Quand il n'y aura même plus de livres, on pourrait presque faire un gymnase avec cette pièce-là, hein ? »

La plus grande hoche la tête en signe d'approbation.

« Mais c'était un beau bureau », dit la petite en penchant la tête vers son épaule droite.

« Maintenant, c'est laid comme tout, dit-elle après plusieurs silences.

— C'est juste vide. Une pièce vide, ç'a toujours l'air idiot.

— Papa, hier, il disait que de toute façon il n'avait jamais aimé cette maison-là. Pourquoi ?

— À cause des avions, tu le sais bien, ça l'énerve. On est trop près de l'aéroport. Il n'a jamais pu s'y faire.

— J'aimais bien venir dans son bureau. Le regarder travailler. Quand je ne faisais pas de bruit, il me laissait toujours faire. Il est beau, papa, quand il travaille.

— Oui.

— Il est sérieux. Ça lui fait un petit pli entre les sourcils. C'est joli. Est-ce que tu trouves ça, toi aussi ?

— Oui. Bon... On va prendre racine, si ça continue... C'est vrai que ça fait vide ! Tu viens ou tu restes plantée là ? On a des choses à faire.

— On pourrait en faire une piste de danse... Oui, attends ! » crie la petite, et elle sort de la pièce en courant, file dans sa chambre et en revient avec un vieux transistor qu'elle allume et dépose sur le plancher. L'appareil se met à tonitruer. Sur un bruit de fond rappelant vaguement le rock'n roll, Alice, la petite, esquisse quelques pas de danse. Elle rit.

« C'est super, quand on a de l'espace ! Danse, viens, tu vas voir ! »

Alice tend la main à Alicia et Alicia se fait prier et rouspète un peu avant de laisser pendre la tête dans tous les sens comme une poupée de chiffon et de s'avancer, le dos rond, en traînant les pieds. Puis elle se fait complètement happer par la petite qui lui prend les deux mains, tire, pousse, tire, pousse, tire, pousse, encore une fois, tire, pousse, plus vite, tire, pousse et veut qu'on la fasse tourner et essaie à son tour de faire pivoter la grande sur elle-même, mais ce n'est pas une mince affaire et la grande et la petite, emmêlées, finissent par éclater de rire, et Alicia, entre deux longs rires, essaie d'expliquer à Alice qu'elle a déjà gagné un concours de danse, autrefois, quand elle était jeune, un soir de Saint-Valentin...

« De rock'n roll ?

— Oui !

— Avec papa ?

— Oui. Ça fait longtemps.

— Pourquoi tu arrêtes ?

— C'est essoufflant... Je suis vieille, maintenant », dit Alicia en s'épongeant le front avec un pan de sa blouse.

La petite éteint la radio et prend la main de la grande. Elle la porte à ses lèvres et y dépose un baiser. La plus grande laisse échapper un petit son étranglé.

« Viens, on danse un slow », dit Alice, posant ses bras autour de la taille d'Alicia.

Elle fredonne *Petite fleur* en essayant d'imiter le son d'un saxophone, les yeux levés vers ceux d'Alicia, mais les yeux d'Alicia sont fermés, sa tête pendouille sur sa poitrine et se balance lourdement au rythme du saxo mélancolique. Les longs cheveux de la plus grande balaient le visage de la plus petite.

« Tes cheveux sentent bon.

— Oui.

— Tu pleures ?

— Non.

— Maman ?

— Oui...

— Je peux mettre mes pieds sur les tiens ? »

Alicia hoche la tête.

« Je ne suis pas trop lourde ?

— Non.

— Tu danses bien.

— Oui...

— Ce serait mieux avec de la musique, hein ?

— C'est parfait comme ça », dit Alicia en serrant la petite très fort contre elle.

« Maman...

— Oui, ma fille...

— Qu'est-ce qu'on va devenir ?

— Qu'est-ce qui t'inquiète, mon lutin ?

— Si papa s'en va...

— Papa s'en va ce soir.

— Qu'est-ce qu'on va devenir sans papa ?

— On va... On va continuer. On danse bien, là...

— Mais là, il n'est pas encore vraiment parti. Il a encore ses cartons, il va revenir tout à l'heure prendre ses livres. Mais plus tard, demain ?

— On verra. On trouvera. On y arrivera. Tu m'apprendras le rap, tiens !

— C'est pas sérieux.

— C'est pas sérieux, le rap ? »

Pichenette sur la fesse gauche de la plus grande des deux. Cri perçant. Éclat de rire et gloussement de satisfaction de la plus petite des deux. Alice appuie sa tête contre le ventre d'Alicia et resserre son étreinte.

Elles dansent. Sur des airs de blues de plus en plus lents.

Et puis valsent, et puis fox-trottent, et puis twistent.

Be-bop, charleston, java, tango, cha-cha.

La nuit tombe.

La pièce glisse doucement dans l'obscurité, mais elles ne s'en rendent pas compte. Elles dansent.

* * *

L'homme traverse lentement le couloir et apparaît dans l'embrasure de la porte. Il s'arrête sur le seuil de la pièce et demande, les yeux tout écarquillés de surprise : « Mais que faites-vous ?

— Tu vois : nous dansons !

— Elles dansent... Vous dansez !

— C'est doux, la danse, papa... Tu veux essayer ? »

Il s'appuie au chambranle de la porte et les regarde un moment.

« J'ai des livres à déménager, moi », dit-il au bout d'un instant.

Il reste immobile quelques secondes encore.

La plus petite prend la plus grande par la taille, murmure « Un slow, maman » et se serre contre elle.

Elles déplacent un peu leurs pieds, enlacées, transférant le poids lentement sur le pied gauche, le pied droit, encore le pied gauche, à nouveau le pied droit.

« J'ai l'air d'un trouble-fête, moi, là », dit l'homme immobile.

Puis, comme s'il s'extirpait soudain d'une mélasse ou d'une brume épaisse, il avance d'un pas, tend un bras en direction des danseuses, le replie aussitôt, touchant sa poitrine avec son poing, semble hésiter un instant, fait un autre pas, puis, brusquement, un troisième, et pose sa main sur l'épaule de la plus grande et dit : « Alicia, tu... »

Le bruit d'un avion qui décolle couvre la suite.

Chiures de mouche

Il est installé depuis une quinzaine de minutes sur l'unique et minuscule banquette de la salle d'attente, et là, il attend. Son front est plissé, ses yeux sont fermés et occupés à lire les pensées qui se succèdent dans son esprit.

Puis, les yeux comme fortifiés soudain par le travail de déchiffrement, par l'immense effort de compréhension qu'exigent les événements, il relève la tête et ouvre les yeux.

C'est à ce moment précis, en cet endroit que l'envie le prend de lire quelque chose. Il regarde à droite et à gauche sur la banquette, touche les poches de son blouson. Tout ce qu'il a sur lui, glissée au dernier instant dans la poche droite de ce blouson, c'est la carte postale, la fameuse carte postale arrivée ce matin alors qu'il ne l'attendait plus, quelques centimètres de carton recouverts d'hiéroglyphes qu'il n'a pas eu le temps de déchiffrer complètement.

Il tire la carte de sa poche, la pose sur ses genoux.

Oui, il est le genre d'être humain qui, du réveil au coucher, ne peut s'empêcher de lire, a toujours envie de lire, ne peut résister aux signes, caractères imprimés, lettres manuscrites, à tous ces petits dessins qui finissent par faire des mots et des bouts de phrases. Qui contiennent des messages. Que la plupart du temps il arrive à décoder.

Pouvoir décoder, comprendre, c'est important pour lui.

Comme il a encore dix, quinze minutes à tuer et que l'unique kiosque à journaux est fermé et qu'il est parti si vite

31

qu'il n'a pas eu le temps de prendre un livre et qu'il n'a rien d'autre sous la main, ni carton de lait ou boîte de céréales comme le matin au petit déjeuner, ni paquet de cigarettes ou boîte de pastilles puisqu'il est parti en coup de vent en laissant tout en plan sur sa table de travail, comme il n'a rien d'autre à déchiffrer que cette incroyable carte, il se met à la lire pour la vingtième fois peut-être depuis qu'il l'a trouvée dans sa boîte aux lettres tantôt, à une heure à peine du débarquement annoncé sans plus de cérémonie que ce double trait rouge encadrant le jour et l'heure prévue de l'entrée du train en gare.

Seul dans une salle d'attente où il n'a rien d'autre à faire, il essaie de trouver le sens d'un tas de fioritures illisibles accrochées les unes aux autres comme des évidences.

Il est le fils, elle est la mère, et cela suffit pour qu'il se sente obligé. Obligé de comprendre ce qu'elle écrit, ce qu'elle veut dire par « patte de mouche qui remonte vers la droite, demi-patte de mouche, patte de mouche qui serpente, double patte de mouche, patte de mouche accent plutôt aigu, patte de mouche ratatinée, zéro ou o, enfin petit rond espace patte de mouche double vrille accent très grave ou très fâché, patte de mouche simplement patte de mouche, points de suspension... »

Et là, dans le coin inférieur gauche, ne dirait-on pas des petites bestioles qui auraient pris d'assaut le carton et l'auraient rongé, auraient chié dessus ?

Oh ! bien sûr, il y a bien par-ci, par-là quelques caractères identifiables sur cette carte, mais pas assez pour qu'une information vraiment pertinente ressorte de l'ensemble — mis à part, évidemment, le jour et l'heure de l'arrivée. LUNDI, 11 h 59, ça c'est clair, parce que ça, c'est le coup de bâton, c'est le commandement lancé à tue-tête, en lettres majuscules, encadré de rouge, souligné deux fois. LUNDI, 11 h 59, ce sont les doigts qui claquent, c'est le signe fait avec la tête, c'est l'index droit pointé muettement vers l'objet à lui tendre, à lui apporter, à lui rapporter — depuis dix-huit ans — comme un chien bien dressé. C'est l'omnipotence qui n'a pas besoin de mots univoques, de paroles qui expliquent, de raisons et de causes. C'est la mère.

Et toutes ces chiures de mouche tout autour, ce sont mille et un babillages, ce sont mille et une incohérences, mille délires, mille retraits, mille refus, mille silences braqués et butés derrière des mots qui ne veulent rien dire, et c'est une seule et unique menace, celle d'une bouche et d'une main inhumaines, arbitraires, qui sans cesse assaillent le destinataire avec du chaos et de la déraison.

Ses yeux se détournent, errent dans la salle.

Ce n'est qu'un vieux réflexe qui l'a fait accourir ici.

Elle a claqué des doigts et il s'est précipité.

C'est une bonne chose que la salle d'attente soit vide, complètement vide comme ce bout de désert que présente le côté face de la carte postale. Certains jours, un fils a besoin d'une salle d'attente vide et triste pour qu'apparaisse enfin le sens de mille et une chiures de mouche.

Cette écriture illisible qui, non contente de se répandre à l'intérieur du cadre prévu pour le message au destinataire, s'est même permis de déborder sur le désert tranquille du côté face de la carte, de l'envahir, cette menace à l'horizon, ce désordre qui s'apprête à recouvrir le désert, à l'étouffer, et qui fut, dirait-on, simplement interrompu dans son déferlement, ce coup de griffe violent, barbare, c'est le geste et la signature d'une folle. D'un tyran. Qui arrivera dans quelques instants, envahira la petite salle d'attente et posera ses doigts autour du cou de son fils.

Et c'est comme si, tout à coup, peut-être parce que pour la première fois il est assis seul sur une minuscule banquette au milieu d'une minuscule salle d'attente d'une toute petite gare de village où il s'est réfugié quelques mois plus tôt lorsqu'il eut enfin ses dix-huit ans, c'est comme si, tout à coup, assis tout seul avec cette carte sur les genoux, il voyait *bien* pour la première fois, comme si, en regardant ces gribouillages incompréhensibles, il comprenait soudain qu'il n'y a rien à comprendre à part « lundi, 11 h 59 », comme si, par delà les broussailles, à travers les broussailles, il voyait soudain la clairière.

La clairière, c'est son choix à lui, son parti pris, son vœu quotidien, la clairière, la lumière, c'est sa vie à lui, comme un immense non à l'ambiguïté, à l'illisible, au chaos, une opposition forcenée à tout ce qui n'a pas de contours, ne peut être saisi, c'est une fuite en avant, une façon d'assurer son salut, la seule, la seule façon. Et soudain, la clairière, elle est là. Dans la salle d'attente. Au beau milieu d'une carte postale. Elle apparaît. Et les yeux du fils sont assez fortifiés, assez forts pour la voir.

Alors, sans perdre une seule autre seconde, sans un seul autre regard pour ce qui chaque fois et chaque fois en vain exige qu'on s'arrache les yeux, il se lève et rentre.

Plus jamais de débarquement. Plus jamais de salle d'attente. Plus jamais de lundi, 11 h 59.

Chez lui, il fermera à double tour, il mettra des boules Quies dans ses oreilles et des écouteurs par-dessus, et pendant que la musique l'envahira, il se plongera dans un livre qu'il aime et il n'entendra pas qu'on sonne à la porte, une fois, deux fois, trois fois, et il ne verra pas la femme repartir telle une furie en déchirant en mille morceaux un bout de carton barbouillé de chiures de mouche.

Pesquetoizan

Première manière

Tibouderiendutou ouvre les yeux. Sept heures. Mais il n'en sait rien. Tout ce qu'il sait, c'est qu'on dirait que dehors il fait soleil. Il faut aller voir ça de plus près. Se lever, attraper une pomme sur la table de la salle à manger et s'installer à une fenêtre.

Tibouderiendutou, « deuzanmipesquetoizan », rejette les couvertures au pied du lit et, sans faire de bruit, va se cueillir une pomme dans la salle à manger, s'arrête à la première fenêtre venue, soulève un coin de la toile, plisse les yeux et sourit, béat.

Il faut que Mimi et Luc voient ça.

Alors il file dans leur chambre et, une fois arrivé à la fenêtre, tire de toutes ses forces sur le store qui se bloque puis se débloque soudainement et disparaît violemment en s'enroulant vers le plafond. Vacarme. Tibouderiendutou reste cloué sur place. Sa pomme tombe par terre et rebondit bruyamment quand Luc et Mimi se dressent dans leur lit en criant presque en chœur : « Tiboutte, dans ta chambre ! »

Tibouderiendutou éclate en sanglots, oublie de ramasser sa pomme et court se réfugier dans son lit.

* * *

Deuxième manière

Sept heures. Tiboudformatiquedutou, «deuzanmipesquepesquetoizan», se lève sans faire de bruit. On dirait bien qu'il fait drôlement beau. Qu'est-ce que ça doit être bon d'être assis au soleil et de croquer dans une pomme !

Alors il se rend à la cuisine, ouvre le tiroir défendu, prend la plus grosse paire de ciseaux, attrape au passage une pomme bien juteuse et une pince à linge, revient dans sa chambre, referme doucement la porte, pose sa pomme sur le rebord de la fenêtre, fait une incision dans le store en partant du bas vers le haut puis relève le pan de tissu et le maintient en place à l'aide de la pince à linge, prend sa pomme, s'assoit dans le carré de soleil — trente, trente-cinq centimètres carrés, c'est tout ce qu'il faut à un Tiboudformatiquedutou — et croque dans sa pomme.

Une femme

Un aéroport grand ouvert sur le monde.
À l'heure où la ville peu à peu blanchit, une femme s'en va. Lorsqu'elle franchit la porte d'embarquement, personne ne lui envoie la main, personne ne s'essuie les yeux. Personne ne la regarde partir. Elle marche au milieu des gens, mais les gens sont entre eux et l'ignorent. Personne ne sait qu'elle s'en va, parce qu'ici personne ne la connaît. Pourtant, elle a vécu longtemps dans cette ville.

La femme qui s'en va n'a pas entendu son nom depuis des années et sursaute lorsqu'on le prononce en lui remettant son passeport : Michèle Trock. Quarante ans. Née à Montréal, Québec, au milieu du siècle.

Dans quelques heures, elle reverra sa famille quittée en pleine nuit, il y a trois ans exactement.

*   *   *

Il neige très fort en cette nuit de février 1990. On entend le vent gémir, hurler, et par la fenêtre de la chambre, la femme, qui n'arrive pas à dormir, voit s'amonceler la neige sur les trottoirs. Pendant des heures elle regarde les flocons tourbillonner dans l'obscurité. De temps à autre elle jette un coup d'œil vers le lit, comme si elle craignait que les idées folles et tumultueuses qui lui traversent l'esprit traversent aussi la chambre et troublent le sommeil de l'homme. Mais l'homme dort profondément et ne sait rien des pensées qui se bousculent dans la tête de la femme.

La nuit, d'un bleu violacé dur et massif, s'allonge contre la neige, s'étire et s'agrippe à la maison, tient la femme, l'homme et les enfants ensemble, quatre fines inclusions sombres pailletées de rêves et de frayeurs, semblables à des moucherons profondément incrustés dans une pierre précieuse, troublant la matière de la nuit, sa transparence, sa continuité.

Repus de mille et une petites joies, l'homme et les filles dorment d'un sommeil de plomb et n'entendent rien de tout ce qui gémit dehors dans le bleu glacé et menaçant de cette nuit de février. Mais la femme, elle, tend l'oreille.

Dehors, au fin fond de la nuit, quelque chose l'appelle.

Cela a commencé tout de suite après qu'elle eut bordé les enfants. En leur racontant *Le Petit Poucet*, déjà, elle sentait que quelque chose clochait. Sa voix sonnait faux, comme si ce n'était pas vraiment la sienne, et au fur et à mesure que le Petit Poucet s'enfonçait dans la forêt, la femme sentait qu'elle n'était pas à sa place dans cette chambre. Puis elle se demanda même avec une inquiétude grandissante si tout cela était bien réel : les lits, le livre, le Petit Poucet, les filles. Elle. Ici, maintenant.

Devant la porte la neige s'accumule, mais quelque chose, dehors, attire la femme, quelque chose qui semble plus vrai que cette chambre, cette maison où ce soir elle se sent une parfaite étrangère, plus vrai que l'homme et les enfants, plus vrai qu'elle-même, peut-être.

La neige continue de tomber dans la nuit pendant que la femme se lève, enfile son manteau et ses bottes, ouvre la porte, marche dans la neige, regarde au loin, se retourne, revient sur ses pas, rentre dans la maison, se glisse dans la chambre, prend son passeport et tout l'argent qu'elle trouve, ses cartes de crédit, une photo d'Annie qui traîne sur le bureau. Elle attrape au passage sa montre et un foulard, sort et, sans refermer la porte derrière elle, marche vers le trottoir, bifurque vers la droite, prend le petit chemin que l'obscurité rend plein de pièges et s'en va.

Elle marche jusqu'à ce que le soleil se lève, elle prend ensuite le bus, achète dans une petite agence de voyage un billet d'avion pour Zurich, reprend le bus, boit du thé dans un café à Mirabel, s'endort quelques heures plus tard entre ciel et terre, atterrit, se rend dans une gare, prend un train au hasard et se retrouve seule dans une ville totalement inconnue.

La lumière est douce comme le temps, et la femme oublie aussitôt qu'ailleurs l'hiver fait rage. Elle marche lentement, longtemps.

À la fin du jour, elle entre dans une librairie, achète un dictionnaire et cherche la traduction des mots « Chambre à louer ».

*   *   *

Dans cette chambre semblable à un bunker, elle pourra laisser libre cours à son angoisse, souffrir, pleurer. Suspendre ses pensées. Douter de l'existence. Ici, elle se sent dégagée de toute responsabilité obligeant à faire des choses qui sonnent faux. Aucune urgence. À moins d'être malade. Et si elle est malade, elle descendra tout simplement dans la rue, s'allongera sur le trottoir et laissera les gens venir à elle. Elle sera sur leur chemin comme cette chambre s'est trouvée sur le sien.

*   *   *

Les semaines et les mois se relaient, neutres et fidèles comme les saisons qui passent. Un printemps, un autre printemps encore, des étés. Des saisons et des années qui se ressemblent comme des sœurs. Il lui arrive de penser aux enfants et à l'homme, de pleurer un peu, mais comme on pleure en regardant un film triste. Et puis les images s'estompent, c'est fini, quelque chose de neutre et de vide prend la place, toute la place, et la femme s'endort ou s'en va marcher dans la ville, s'en va errer dans la grande gare de Munich, regarde les trains déverser leur flot d'étrangers et en prendre aussitôt autant d'autres à bord. La vie est étrange.

Certains jours, les bancs des jardins publics, ornés d'oisifs, s'offrent à cette femme comme des prolongements de sa chambre. Elle prend place au milieu des gens qui ne la chassent pas et ne lui ouvrent pas non plus les bras, totalement indifférents à sa présence, comme si cette personne-là ne faisait nullement partie de leur réalité. Invisible, la femme devient merveilleusement légère. Ce n'est plus grave que la vie ne soit que déjeuners de soleil, la vie c'est aussi tout cela, des gens qui vont et viennent, des gens qui ne bougent pas, des bancs immobiles et des chaises qu'on déplace, l'herbe sous le pied, des cacas de chien et des sacs à main, des foulards de toutes les couleurs, un stylo, une photo, des souvenirs qui s'effritent, des maisons qui se ressemblent, des chambres à louer et des secrets, des pensées secrètes, des tiroirs secrets, des escaliers et des codes. Des mots, des gens, des lieux qui nous restent étrangers, même quand on se coule en eux, qu'on les fait entrer en soi. Foucades, toquades. Des visages et du café, la main qui s'ouvre, la main qui se ferme. Du temps qui passe. Des idées folles. Une existence qui se défait. Des choses qui n'existent pas. Ou si peu.

40

Une femme

*   *   *

Dans une vaste salle vitrée, baignée de soleil, une femme, à Munich, attend le gigantesque Boeing qui la ramènera chez elle après trois ans d'absence.

Le mari et les enfants, qui sont sa seule famille, l'attendent de l'autre côté de l'océan en buvant du café et encore du café. Ils n'ont pas dormi. Ils ont beaucoup pleuré, ces derniers jours. Parfois c'était la peine qui leur faisait venir les larmes aux yeux, parfois c'était la joie. Chaque fois c'était l'image de cette femme fragile. Qu'ils ont cherchée comme des fous pendant trois ans. Qu'ils vont retrouver tout à l'heure et serrer dans leurs bras. Parce qu'une femme qu'on a aimée, après tout, ça ne se remplace pas comme ça. Parce que l'amour, quoi qu'on en dise, ça laisse des traces, ça crée des liens.

À Munich, dans la lumière et la douceur d'une fin de février que le foehn rend plein de surprises, une femme se lève. Dernier appel, embarquement immédiat. C'est ici qu'on laisse une partie de soi-même. C'est ça, la vie. On se retourne, on s'en va. On a le cœur qui bat à tout rompre et on s'en va tout de même comme si de rien n'était. Personne ne remarque quoi que ce soit, personne ne sait ce qu'on laisse derrière soi, personne ne se doute de ce qui nous attend. Un matin de février 1993. Que rien ne distingue des autres.

Dans la maison

Ce qu'il préférait, dans la maison, ce n'était pas des pièces, ce n'était pas des meubles ou des bibelots, c'était des heures.

Autrefois, des années durant, il n'avait pas eu envie de posséder une maison bien à lui, au contraire, la simple pensée d'habiter un endroit où on s'installe définitivement le rendait malade. Il n'arrivait même pas à supporter, dans les appartements de certains amis, la moquette et les rideaux. Il se sentait mal à la vue de ces immenses armoires imbougeables, de ces milliers de miniatures posées dans les casiers d'anciens tiroirs à caractères d'imprimerie. Pendant des années ce fut à la mode, comme les armoires imbougeables, et les murs d'innombrables appartements en étaient recouverts, et chaque fois qu'il pénétrait dans l'un de ces lieux fortifiés d'armoires et de miniatures, il avait envie de tourner les talons et de fuir sur-le-champ. Non pas qu'il trouvât cela de mauvais goût, non, c'était même parfois tout simplement superbe. Mais il y avait dans les armoires et les vaisseliers, dans les toiles aux murs et les bibelots, dans les poufs et les jeux d'échecs qui traînaient dans les salons, les séjours, les boudoirs, quelque chose de désespérément clos, quelque chose de final et de mort qui lui faisait peur, le faisait fuir.

C'est cet aspect des choses qu'il avait dû dépasser le jour où il était tombé amoureux de cette maison — ou plutôt : de la lumière et du calme et des bonnes ondes de cette maison.

Il avait suffi d'une journée passée là chez un ami pour savoir qu'il lui *faudrait* désormais vivre là, dans cette maison, quitte à l'acheter à prix d'or.

Assis devant le café du matin, près d'une fenêtre, ou déambulant dans l'enfilade de pièces en pleine nuit, il ressentait un sentiment de vivre comme il n'en avait jamais connu. Rien ne venait interférer avec le silence dont sa tête était pleine, avec le détachement et la solitude auxquels il aspirait de tout son être. Dans cette maison, le déroulement des jours possédait un rythme propre, singulier. Sans voisins pour la première fois, chez lui pour la première fois, sans tous ces bruits étrangers qui avaient toujours détourné son propre chemin, il pouvait aller et venir, penser, réfléchir, être tranquille et seul et profondément enraciné dans sa vie à toute heure du jour.

Dans la maison, les heures qu'il préférait, c'était : le bleuté lumineux des premiers moments de la matinée, le goût des livres du milieu de l'après-midi, le vide chaud et rassurant de la brunante et, parfois, l'hiver surtout, la blancheur incertaine et flûtée du doute que le calme engendre quelque part au creux de la nuit lorsque sans raison apparente on se lève pour regarder dehors, comme pour s'assurer que tout est encore là et que tout nous attend et nous attendra encore un peu, quelques heures, du moins, jusqu'aux premiers reflets bleutés du matin, comme pour s'assurer que tout cela n'est pas qu'une idée qui passe et qui ne laissera pas de trace.

Cassé ma tirelire

Dans un autre placard, à un autre crochet dans une autre ville, l'ex suspendra son imper et son parapluie, son chapeau, son blouson. Avec précaution il ou elle franchira de nouveaux seuils, il ou elle fermera des fenêtres et des portes que l'autre n'ouvrira jamais.

Les mains pleines de bibelots et de félicité, l'ex patiemment construira le décor. Pour apprendre les bruits inconnus elle ou il dressera l'oreille et plusieurs fois par jour s'arrêtera de marcher, de chanter et retiendra son souffle.

Tranquillement, l'ex fera de ce lieu le sien et se choisira au salon comme à la cuisine, dans le lit comme sur le balcon, une place attitrée. Régnant sur son domaine, il se croira, elle se croira le centre de l'univers. À force d'habitudes et d'immobilité, l'ex croira atteindre la durée.

Chaque jour, n'ayant plus à couper la poire en deux, n'ayant plus à rendre à l'autre la monnaie de sa pièce, l'ex laissera tomber dans le cochonnet la moitié qui reste, le fruit pour la bonne bouche, le sourire non réclamé, les mots superflus, l'eau avec laquelle il ne coupera pas le vin et l'amour en trop.

Presque tous les matins, en refermant la porte, l'ex sursautera quand le chien du voisin jappera dans sa direction.

Mais il ou elle ne dira rien malgré le mal qu'il ou elle aura à faire la différence entre un grognement et un jappement : depuis longtemps déjà le salut matinal d'un chien sera devenu événement.

Puis une nuit, n'y tenant plus, assoiffé(e), affamé(e), l'ex se relèvera et ira chercher le marteau. Il visera le centre, elle prendra son élan et, fermant les paupières pour que les éclats ne lui crèvent pas les yeux, il ou elle réduira en morceaux le cochonnet. Le bruit sera bref, douloureux et joyeux et l'ex, comme autrefois, plongera ses mains dans le trésor auquel se mêleront des éclats de verre et des larmes incertaines, et d'une voix émue qui sonnera comme celle d'un autre, l'ex répétera : « Cassé ma tirelire... J'ai cassé ma tirelire. » Puis l'ex ira échanger son trésor contre quelque chose qui lui aura manqué depuis des mois, espérant de tout son cœur ne pas le regretter, ne jamais regretter d'avoir, une nuit entre mille, cassé sa tirelire.

Traces

« **M**ondieumondieumondieu », répéta-t-il pour la énième fois en s'asseyant au bord du lit. « Tout est à refaire. » Il secoua la tête. « Deux heures, deux heures à peine. Deux heures comme deux minutes. Et tout est à refaire... »

Il s'allongea sur le lit défait, se recroquevilla au milieu de l'édredon, en ramena quelques pans sur lui-même, soudain frileux, et serra contre sa poitrine un des oreillers qui jonchaient le lit comme un champ de bataille. Il ferma les yeux, mais les rouvrit aussitôt : l'espace d'une seconde, il aurait juré qu'elle était là, dans la chambre... « Merde, c'est pas possible ! On fait pas ça, merde ! Quand on quitte quelqu'un, on le quitte pour de bon ! On se ramasse, misère ! Comment faire, maintenant ? Mondieumondieumondieu, comment ? comment ? Même l'oreiller est tout imprégné de son odeur... »

Il se leva et fit rapidement le tour de la chambre.

« Deux heures et on dirait qu'elle a vécu ici au moins... dix ans ! »

Il prit dans ses mains un des livres empilés sur la table de chevet. Évidemment, les livres n'étaient plus dans le même ordre. Celui qu'il tenait entre ses mains aurait dû se trouver tout en dessous de la pile. Et il avait maintenant tout plein de pages cornées...

« Deux ans à essayer de se guérir de quelqu'un, et puis paf ! »

Il laissa tomber le livre sur l'oreiller, se tourna vers la fenêtre et plaqua ses deux mains contre la vitre. Dehors, il faisait déjà sombre. Dehors, rien n'avait changé, rien n'avait bougé. Tout était toujours aussi laid.

Il détourna le regard, baissa la tête et remarqua des taches de doigts un peu partout dans la partie inférieure de la fenêtre. Comme si un enfant — ou quelqu'un qui aurait été accroupi ou à genoux — avait tracé, avec son doigt, des yeux, des sourcils, un nez, une bouche sur la vitre embuée.

Vivante, vibrante, l'image arriva sur-le-champ. Elle venait de loin : Amélie, au sortir de la douche, dessinant un visage sur le miroir de la salle de bains. Il aimait cette habitude enfantine, cette liberté venue de l'enfance. Autrefois. Autrefois, il avait aimé ce geste spontané.

Il se dirigea vers la salle de bains. Ouvrit la porte, fit de la lumière. Oublia qu'il avait voulu jeter un coup d'œil au miroir. La pièce semblait tellement bizarre, tout à coup ! Il eut beau replacer les serviettes correctement, l'effet persistait. Il rangea le peigne dans la petite armoire, rinça le savon. Mais cela ne suffit pas à redonner à la pièce son allure habituelle. Quelque chose la défigurait. Quelque chose clochait. Il se rappela soudain la photo de son frère publiée dans un journal de quartier lorsqu'ils étaient enfants. Il ressentait exactement la même chose qu'à l'époque, lorsqu'il avait ouvert le journal et vu son frère sans vraiment le reconnaître. Il lui avait fallu un long moment avant de s'apercevoir qu'on avait inversé la photo. On y voyait son frère dessiner de la main gauche, porter sa montre au poignet droit, et la cicatrice qui lui traversait la joue se trouvait sur la mauvaise moitié du visage. C'était très étrange. Un être familier qu'on ne reconnaît pas vraiment. Avec la salle de bains, soudain, c'était la même chose.

« Amélie, pourquoi, merde, pourquoi es-tu revenue ? » cria-t-il en claquant la porte de la salle de bains, « pourquoi refaire surface comme ça ? J'avais presque réussi, je t'avais presque complètement sortie de ma mémoire, misère, j'y étais presque ! »

Il fit quelques pas dans le couloir, attrapa son manteau qui pendait par là, sortit et dévala l'escalier à toutes jambes.

Dehors, le vent le fouetta un peu, le fit frissonner.

Deux heures et l'appartement était plein d'elle, de ses façons de faire, de ses gestes, ses manies, ses petites habitudes. Le peigne sur le rebord du lavabo, le savon tout mousseux, les serviettes qui pendouillaient. Le mauvais pli qu'elle avait donné aux pantoufles, écrasant l'arrière sous ses talons pour les porter comme des savates. Elle avait toujours fait ça. Mais là, comme ça, j'arrive, je débarque et j'enfile tes pantoufles et je te les écrase, et voilà, après mon départ ça te fera un souvenir de plus... Une trace de plus de mon passage. Et je repars comme si de rien n'était ! Sauf que l'autre, à l'autre bout, il se ramasse, lui. Puisqu'elle est incapable de le faire, elle ! C'est lui qui encaisse les coups, lui qui porte les marques.

Il fit plusieurs fois le tour du pâté de maisons et finit par entrer dans un café où il se laissa choir, trouvant tout juste la force de commander un chocolat chaud.

Quand elle avait foutu le camp, la première fois... La *première* fois ?! La *seule* fois. Un jour, elle a fait ses bagages et elle est partie. Comme ça. Sans explications. Je vais voir ailleurs si j'y suis, salut ! Quand elle est partie, il en a eu pour des mois à errer dans la maison. Tout lui rappelait...

... cette femme, oui...

... tant aimée, oui. Il l'aimait, c'était fou ! C'est fou d'aimer quelqu'un comme ça.

En peu de temps elle avait fait de la maison *sa* maison. Tout lui ressemblait, comme si tout lui appartenait. Elle changeait les choses de place, les mettait à sa main. À sa portée. Les pliait, les tordait, les étirait, les écrasait. Pour qu'elles soient à la bonne hauteur, de la bonne largeur, assez petites, assez grandes, pour qu'elles soient à sa main, sa main à elle.

Après, on aurait dit qu'elles portaient... sa marque. Il avait du mal à se sentir chez lui parmi toutes ses choses à elle. Pourtant, la plupart du temps, c'étaient ses choses à lui. Elle s'en servait une fois, même pas, elle les prenait dans ses mains, et puis elles étaient à sa main. À la place qu'elle avait choisie. Elle.

Quand elle l'avait quitté, il s'était enfermé dans la maison. Il avait tourné en rond. Il avait marché dans la maison. Il avait erré. Il avait pris les choses dans ses mains, toutes les choses, une par une, les avait touchées, caressées. Les avait serrées dans ses bras. Embrassées, parfois. Appuyées contre son front. Dans d'autres, il avait enfoui son visage. Plongé son visage. Dans les oreillers. Les draps. Les serviettes de bain. Respiré l'odeur de son placard. Fait glisser sur sa peau des huiles et des crèmes.

Puis il avait déménagé. Pour en finir avec tous ces souvenirs. Guérir.

* * *

Il but son chocolat, doucement. Rentra d'un pas lent mais régulier.

Il ouvrit la porte de l'appartement. C'était presque comme quand il rentrait à la maison, autrefois. Il y a deux ans. L'odeur, faite de toutes ses odeurs à elle, était presque la même. L'accueillait. Un doux mélange de parfum, de savon, de shampooing, de talc, de crème hydratante, de produits de beauté, de coton séché au grand vent et au soleil, de cuir et de suède, un mélange que seule Amélie pouvait créer, une odeur qui la caractérisait. La représentait. Perdurait, même quand Amélie était absente. Cette odeur-là, c'*était* Amélie. Il fermait les yeux et elle pouvait être là, tout près.

C'était comme si elle n'était jamais partie.

Une présence très intense.

Un vrai tourment.

Il fallait repartir de zéro. Tout refaire. (Défaire, puis refaire.)

Encore une fois.

Il alluma la lampe, accrocha son manteau. Dans la chambre, il sentit un long frisson lui parcourir le dos. Dans la chambre, il dut s'asseoir un peu pour reprendre ses esprits.

Puis il enleva les draps et les taies d'oreiller. Refit le lit, changea d'édredon. Lava, lava.

Il lava les fenêtres, les rideaux.

Il mit de l'ordre dans les livres, en rangea quelques-uns dans la bibliothèque. Ceux dont les pages avaient été cornées. Il épousseta, passa l'aspirateur. Il tenta d'effacer toutes les traces qu'elle avait laissées. Tenta d'annuler son passage dans la chambre, dans la salle de bains.

Mais il avait beau remplir l'appartement d'odeurs de produits de nettoyage toutes plus écœurantes les unes que les autres, remettre les objets à leur place, le tourment était beaucoup trop grand pour qu'une simple opération nettoyage arrive à faire le ménage dans sa mémoire. Quelque chose continuait de résister à ses efforts.

En fait (c'était la première fois qu'il se l'avouait), en fait elle lui manquait vraiment. Beaucoup. Beaucoup, beaucoup. En fait, il ne s'était jamais guéri d'elle. Il avait fait son possible pour l'oublier, mais elle avait laissé trop de traces. Il y avait encore, il y avait là, quelque part — il se toucha la poitrine avec son poing — une douleur, un manque, une marque qui ne voulait pas partir.

Il alla à la fenêtre. Dehors, il faisait complètement nuit.

Près de la fenêtre, la petite table semblait monter la garde. Sur la table, le téléphone, qui avait l'air tout bête. Il tendit la main vers le combiné, s'arrêta, appuya la paume de sa main contre son front. C'était bien ça, le combiné avait été reposé à l'envers : Amélie était gauchère, comment avait-il pu l'oublier ?

Il se mit à pleurer.

Puis il décrocha le téléphone, composa un numéro. (Pendant qu'il appuyait sur les touches, il comprit aussi ce qui clochait dans la salle de bains. Cela lui traversa l'esprit comme un éclair : le rideau de douche. Amélie l'avait tiré vers la gauche.) Le numéro qu'il composa était l'un des trois numéros que son appareil téléphonique conservait en mémoire depuis des années : celui de Jean, son meilleur ami ; celui de son psychothérapeute ; celui d'Amélie.

Vous rappelez-vous ?

Tout se décomposait d'abord en fragments de plus en plus petits et les fragments eux-mêmes se fragmentaient ensuite en de toutes petites choses absolument uniques qui n'avaient soudain plus rien de minuscule, au contraire, elles étaient totales et absolues. D'ailleurs, les mots pour parler de ces choses, les noms et les adjectifs et les verbes également ne nous étaient d'aucun secours, je veux dire les mots qui avaient cours autour de nous.

C'était dimanche. Encore une fois. Parfois, c'était l'été.

Autour de nous, nous entendions « brin d'herbe », « sable », « fourmi », « caillou », mais cela n'avait vraiment rien à voir avec ce qui se passait véritablement. Le brin d'herbe, ça c'était pour les presque aveugles, ceux dont les yeux archimyopes ne voyaient qu'une parcelle de l'univers. Le brin d'herbe, pour qui se penchait comme nous au-dessus du vide, le dimanche, en posant son regard sur l'interstice entre deux pavés, ce n'était rien d'autre que la savane ou, s'il était foncé et droit et vigoureux, c'était la jungle, la jungle par-dessus laquelle des géants avaient construit des villes qui sans le savoir se tenaient debout sur de la verdure, arbres, feuilles frémissantes et lianes.

Dans les fissures du béton, dans ses crevasses et ses failles gigantesques apparaissaient aussi, parfois, d'énormes animaux qui appartenaient encore à l'ordre des dinosauriens.

Le sable qui grugeait le trottoir dont on l'avait recouvert pour traverser les villes, le sable qui continuait de former des méandres, de s'amonceler, de changer les paysages, le sable était simplement désert infini, succession de dunes dans lesquelles soudain poussaient d'immenses rochers contre lesquels nous ne pouvions rien lorsque tout à coup ils se trouvaient sur notre chemin.

C'était dimanche.

Autour de nous, nous entendions « caillou », « fourmi ». Nous avions du mal à comprendre le sens des mots, vous rappelez-vous ? Parfois nous avions peur et une main d'enfant cherchait celle d'un adulte : l'univers entier n'allait-il pas sombrer maintenant dans cette rainure entre deux morceaux de pavé et le désert tout recouvrir et le monde retourner au néant ? C'était dimanche, jour d'ennui, et jour d'angoisse, aussi.

Visions du monde

Dans un grand vacarme, un train entra en gare. Par les fenêtres, des gens regardaient dehors. Certains tenaient leurs mains plaquées contre la vitre et semblaient s'étirer le cou, comme s'ils cherchaient des yeux quelque chose d'introuvable, d'inatteignable — du moins par le regard. Ils étaient nombreux, très nombreux. Entassés dans les compartiments. Comme si on avait pris trop de passagers à bord et qu'ils avaient dû se serrer.

Le ciel était mauve.

Lentement, le train s'arrêta.

* * *

Dès les premières images happées par les fenêtres du train qui ralentit, un homme dans ce train appuie sa tête contre la vitre, avale plusieurs fois d'affilée sa salive, mais il n'arrive pas à se débarrasser de cette boule qui lui serre la gorge, et bientôt des larmes se mettent à couler très lentement sur ses joues ravagées de sillons incroyablement profonds.

On dirait un homme traversé par une grande douleur, mais le vieillard, en fait, est *simplement* ému jusqu'au bout des doigts, et on peut même imaginer que c'est l'émerveillement qui le fait pleurer comme ça, en silence. L'émotion. La paix qui l'envahit enfin. La plénitude. Quelque chose d'heureux, donc. Mais de loin, on dirait plutôt un homme brisé par le chagrin.

À travers les verrières, la lumière ruisselle.

Et si c'était le regret qui le fait pleurer ainsi, des milliers de regrets, le sentiment d'être passé tout à fait à côté de la vie ?

L'homme, comme les autres passagers, pose ses mains à plat contre la vitre et bouge millimétriquement ses doigts vers la gauche, vers la droite, les écarte, les rapproche. Comme si, de l'autre côté de la fenêtre, un être cher tenait lui aussi ses mains plaquées contre la vitre, juste devant celles de l'homme, et qu'il y avait maintenant tentative de fusion par l'intermédiaire des mains et *malgré* la vitre qui sépare, ou peut-être aussi à cause d'elle, comme si, à cause d'elle, le désir...

L'homme regarde. Regarde... (Se souvient d'avoir un jour refusé de contempler.) Le monde dans toute sa frivolité, le va-et-vient des nantis, la beauté des objets superflus, valises en cuir et malles aux coins garnis de métal. Tranquillement appuyé contre la fenêtre, il se rappelle une vie de renoncements, de grand dénuement. Une ère de pieds nus, quelques vêtements. Les rues d'une ville arpentée en long et en large. La solitude totale au milieu d'un fourmillement de bipèdes. L'errance à se déchirer les pieds.

Dans la jambe droite, le vieillard, rien qu'au souvenir de cette image, sent de nouveau la douleur lui vriller la chair. Comme le poids d'une chose encore vivante. Et il sent aussi très distinctement les cailloux sous la plante des pieds.

La nuit, tel un métal hurlant, il rêvait qu'il n'était plus seul. Un à un, ils se rassemblaient autour de lui, renonçant à tout ce qui n'est pas indispensable, aux parures en or, d'abord, aux demeures somptueuses, aux vêtements doux et aux eaux de toilette, puis aux chaussures, puis au vent, quand il fait chaud, et à la pluie, quand il fait sec, puis aux honneurs et aux convenances.

L'homme a les mains glacées, mais il est tout bouillant à l'intérieur. Il contemple. Il admire.

Il pense que c'est incroyable comme c'est facile de changer d'idée. De voir les choses soudain autrement. Complètement.

Suffit de se décider. Même pas : on suit le même chemin pendant toute une vie et un matin on ne le suit plus, c'est tout.

Était-ce hier ? Il a regardé autour de lui et n'a vu que des gens qui se privaient de tout, se refusaient tous les plaisirs, s'interdisaient de jouir de tout et de rien. Il n'a plus compris le sens de ce renoncement au monde. Pourtant, lui-même...

Mais un matin, un bon matin, on ne suit plus le chemin, un point c'est tout.

Alors, il s'est procuré des sandales, un manteau.

Quelqu'un a trouvé que c'était une bonne idée et a fait comme lui.

Ils étaient deux.

Ils ont parlé de l'odeur du cuir et de cette sensation sur la plante des pieds, oubliée, nouvelle. Ils ont comparé l'étoffe de leurs manteaux en la touchant à plusieurs reprises, en faisant glisser la main dessus, dans un sens, dans l'autre, doucement, très doucement.

Puis l'homme eut envie de quelques gouttes d'eau de fleur d'oranger dans le lait qu'on lui offrait, et d'un peu de miel, aussi.

Il but trois ou quatre gorgées. Regarda au loin. Prit une autre gorgée. Puis dut fermer les yeux pour ne pas pleurer, tellement c'était bon. Les yeux ainsi fermés, il goûta encore davantage ce qu'il avalait lentement pour faire durer le plaisir. Un frisson passa sur ses bras en faisant se dresser les poils sur sa peau, courut des mains qui tenaient la coupe aux épaules enroulées sur elles-mêmes, redescendit jusqu'aux reins et mourut dans le bas-ventre en un long frémissement qui força l'homme à serrer les paupières, renverser la tête en arrière et plier les genoux. Il tremblait. Il gémit. Il avala la dernière gorgée, rouvrit les yeux. Ils étaient trois autour de lui à le regarder boire comme des assoiffés, à vouloir gémir, eux aussi, à dire : « Moi aussi ! » À tendre les bras vers la coupe.

Ce soir-là, ils burent. Un peu de tout. De tout ce qui n'étanche pas la soif comme l'eau. Du lait de chèvre, du vin de palme, des nectars.

La nuit venue, ils marchèrent dans les rues étroites en riant. Lorsqu'ils se penchaient l'un vers l'autre au milieu des rues sombres, de loin on aurait dit des conspirateurs. Ils avaient des sourires de jouisseurs épuisés et des projets plein la bouche : fruits, fleurs, couleurs, odeurs, étoffes, parures, paysages, architectures, musiques, mots, voix, ils en avaient pour des siècles, ils avaient tant de temps à rattraper, ils voulaient tout entendre, tout apprendre, tout goûter, regarder. Sentir, écouter. Ils voulaient boire dans des coupes ciselées, porter des tissus doux au toucher. Cueillir des fleurs rien que pour les avoir toute la journée sous les yeux. Caresser des gens rien que pour les entendre gémir « Encore ! » et les voir s'abandonner mollement. Tout essayer. Rabioter des baisers, du sommeil, du vin, des sons, des images, du temps. Jouir de tout. Fustiger les rabat-joie et parcourir la terre entière en ouvrant les bras, les yeux, les oreilles comme d'autres sèment à tout vent. Ils en avaient pour des vies et des siècles ! Mais d'abord demain : dire oui à tout, rien que pour voir.

* * *

Le ciel était d'un mauve argenté, presque rosé.

La lumière qui tombait à travers la verrière faisait de chaque objet dans la gare quelque chose de franchement sublime.

Avant de quitter le compartiment, l'homme, par la fenêtre, regarda encore une fois vers la voûte et dit : «Une ville qui a une gare comme celle-là doit être magnifique.»

Il ajusta sa cravate pure soie, prit sa valise, longea le couloir maintenant complètement désert, posa sa valise sur le marchepied, plongea la main dans la poche de son veston, en sortit un tout petit cube de carton blanc glacé dans lequel étaient gravées des initiales dorées entrelacées, il l'ouvrit, fit glisser dans sa main la truffe au chocolat, froissa l'emballage et le remit dans sa poche, introduisit le chocolat dans sa bouche, l'écrasa, le mâcha un peu, ferma les yeux, laissa couler un son qui ressemblait à un gémissement, rouvrit les yeux, s'étira le cou vers la coupole de verre en murmurant «Quelle belle lumière...», prit sa valise d'une main, et de l'autre fit un geste comme s'il repoussait un moustique. Il descendit du train. Il souriait. Puis il foula le sol de la plus belle ville d'Italie.

TON PETIT DAUPHIN

Étoilement

Juillet-janvier et vous entrez dans ma vie. Aucun soleil au monde ne pourrait davantage m'éblouir et me donner autant de frissons. Cheveux grisonnants, avait dit la voyante, des cheveux aux reflets argentés, d'un autre temps. Quatre saisons au creux des mains. Un regard qui pourrait sortir tout droit d'un livre d'images. Et me voilà naissant enfin sous une bonne étoile. Savez-vous que déjà vous me portez bonheur?

Gravures anciennes et douces aux murs nous entourant. Au centre de la pièce, une table entre nous. Bientôt tu la contournes pour me tendre la main. (Répète ce bonjour heureux, que jamais je n'oublie cet instant!) Installé dans ton fauteuil, tu me regardes gravement. Étonnement, mains moites, étoilement de questions. L'eau, dans tes yeux, est pleine de tendresse et je vais m'y noyer.

Maintenant

Afin que ma vieille peine ne puisse plus jamais prendre possession de moi, tu lui as fait une petite place dans ton cœur. «Donne-la-moi, je m'en occupe», as-tu dit en me serrant dans tes bras.

La peine, arrachée à mes souvenirs, m'a quittée à regret et s'est roulée en boule dans un coin de ton cœur.

J'ai respiré profondément, connu la légèreté des gestes imprudents, la griserie de la confiance.

Un jour, tu es parti.

Maintenant, je n'ai même plus de peine.

Rien d'autre

Mon cœur, tout plein d'anges et de cerfs-volants, peureux, fermé à double tour. Tu t'approches et le regardes cordialement. Tu prends tout le temps qu'il faut, comme si rien d'autre, désormais, ne pouvait avoir autant d'importance que ce cœur refermé sur lui-même. Aucune question sur tes lèvres, aucun pli sur ton front, comme si tu savais d'avance que tout ira mieux, un jour, et que cela justifiait totalement l'attente, la patience.

Lentement, tes yeux grignotent la porte de mon cœur.

En moi tu laisses grandir ton regard, tu découvres — peu à peu — le recoin de mes nuits d'enfant, tremblantes et noires de peurs, et, sans poser une seule question, tu en fais attentivement le tour. Tu regardes, tu écoutes, tu comprends, puisque tu t'avances et prends dans tes bras la petite qui se blottit contre toi.

Tu fermes les yeux. Tu trembles à ton tour.

Va-t-elle s'accrocher à toi, l'enfant que tu arraches ensuite doucement de ton cœur, dont tu caresses les cheveux, dont tu sèches les larmes ? Dans tes mains, son chagrin. Qu'en feras-tu ? Souffleras-tu dessus pour qu'il s'envole enfin ? Iras-tu plutôt plonger de toute urgence tes doigts dans un ruisseau ? Sais-tu quoi faire avec des oiseaux blessés, des anges déchus ? Des cerfs-volants troués ? Sais-tu si on peut les guérir, leur redonner la grâce ? Les rapiécer ?

Es-tu si sûr que toute patience se trouve un jour récompensée ?

Crois-tu vraiment qu'un jour je n'aurai plus besoin de toi et qu'un jour, vraiment, je t'aimerai totalement, pour toi-même et rien d'autre ?

Le menton de la femme douce

La femme douce, blanche, sucrée dort dans votre lit (ou vous dans le sien, selon les saisons) et c'est elle, la femme douce et sucrée, toute blanche, que vous embrassez sans cesse, nuit après nuit, avec une passion qui n'a d'égale que la sienne.

Alors, chaque fois que vous la retrouvez, chaque fois qu'elle va vous rejoindre à l'autre bout du monde, il faut que vous passiez la lame deux ou trois fois par jour sur votre menton pour ne pas écorcher le sien, car dès que votre barbe se remet à pousser, vous blessez et reblessez la femme douce, là, à droite, sous la lèvre, chaque fois que vous l'embrassez, vous tracez un cercle sur son menton, vous sablez sa peau, vous la brûlez à vif.

Il faut ensuite des jours et des nuits de prudence, de patience, des crèmes et du doigté pour venir à bout de cette brûlure étrange.

Et puis vous retournez dans votre lit ou elle dans le sien. Le menton est guéri. Jusqu'à vos prochaines retrouvailles. Chaque fois la même histoire (tant que votre barbe poussera aussi dru ou tant que le menton de la femme douce sera aussi sensible ou tant que la passion sera aussi grande), une histoire que cette femme (moi) ne raconte jamais à ceux qui lui demandent ce qu'elle a, là, sur le menton. Une blessure qui lui va bien, au fond. Une blessure de grand luxe, un reste de frisson.

La main amoureuse

Elle se glisse sous ta chemise et te gratte le dos jusqu'à ce que tu t'endormes. (Elle glisse dans une enveloppe le bout de papier froissé qui tomba du ciel, au théâtre, et elle m'en fait cadeau.)

Elle glisse un doigt dans ton oreille. (Elle glisse une surprise dans le tiroir de mon bureau.) Elle caresse le papier glissé dedans l'enveloppe. (Elle caresse la main glissée sous la chemise.) Elle touche le cadeau glissé dans le tiroir. (Elle touche l'index droit glissé dedans l'oreille.)

Après avoir bien appris la forme de ton visage, avoir repéré les rides qui s'annoncent, après avoir caressé ta main amoureuse et avoir écouté battre ton cœur, la voici qui transcrit, traduit, la voici qui inscrit au beau milieu des mots les lieux, les temps et les couleurs de cet amour pour la mémoire de l'autre main, la terrible oublieuse.

Ton petit dauphin

« **M**on petit dauphin », dis-tu en la voyant sourire. Paradoxe : ce dauphin ne sait pas nager. Pourtant, il connaît toutes les mers. Image, tendresse de l'animal joyeux.

Parfois, dans tes lettres, c'est ainsi que tu l'appelles. Mensonge des mots amoureux : le petit dauphin est adulte, raisonnable, grand. Tendresse des adjectifs affectueux et caressants.

Lorsqu'elle t'écrit, elle signe de ce nom. Imposture d'une langue : le petit dauphin sans féminin pour désigner la femme dont l'homme est amoureux.

« Mon petit dauphin », dis-tu lorsqu'il pleut, que tu es secoué par un frisson et que le désir t'envahit. Mirages d'un pronom marquant la possession : le dauphin n'appartient à personne. Mais le temps d'un amour il s'offre tout entier à la tendresse d'un autre.

Du petit dauphin, en fait, elle n'a que le sourire, la forme de l'œil et le regard, parfois. Tout le reste est fantaisie, jeu, métaphore. Nécessaires détours des chemins dans l'amour.

Apprentissage

Tu es beaucoup plus grand que moi et ton pas est rapide. Mais j'ai appris en quelques heures à bien respirer en marchant et à grimper l'escalier deux marches à la fois.

Mes poignets sont petits et délicats et je mange lentement. Mais tu maîtrises maintenant l'art de porter une cuillère à ta bouche comme si, chaque fois, elle contenait le meilleur des caviars.

Nous pourrions désormais vivre ensemble. Mais nous ne le ferons pas. Nous placerons l'amour entre nous comme une porte mitoyenne.

Arrivées

Je comprime mes désirs, je tasse mon impatience, j'aplatis le mieux possible mes soupirs et plie ma passion en quatre, puis en huit : mon vœu de te rejoindre au plus vite, toi mon millionnaire superbe, doit s'adapter le plus simplement du monde aux modestes dimensions de mon portefeuille ! Les vêtements que je traîne avec moi chaque fois que je vais te rejoindre quelque part sur la planète s'ajustent bien, eux, à la minceur de la valise. Ma passion me coûte cher — mais je veux en *payer* le prix — et le nombre d'objets dont je peux me départir pour y arriver diminue chaque mois. Montréal-Zurich, Montréal-Londres, Montréal-Paris, Montréal-Amsterdam, j'accepte tous les détours qui me permettront de te voir deux fois plutôt qu'une et transforme chacun d'eux en retardement *nécessaire*.

Ainsi, même le dénouement prévisible de l'intrigue devient soudain spectaculaire. Après toutes ces semaines d'insomnies, de calculs et d'économies, après toutes ces lettres exprès, ces appels outre-mer, ces télégrammes de nuit, après tous ces arrangements de mon côté comme du tien et cette liste d'attente qui me tient en suspens jusqu'au dernier instant, tous les obstacles sont à nouveau possibles, imaginables, et chaque correspondance augmente les risques et décuple mon impatience, fait grandir le désir... que je maintiens plié serré comme un mouchoir de poche, le cœur déjà tout aplati pour qu'il prenne moins de place, la tendresse bien recroquevillée au fond de mes bagages.

Les passagers qui m'entourent lorsque je franchis enfin la porte d'arrivée ne savent rien du danger qui les guette : d'un instant à l'autre, tout peut éclater.

Je suis arrivée. Tu es là.

Deux ou trois secondes encore et l'aéroport tout entier volera en mille morceaux.

Brecht, comme toi et moi

Tu m'offres un poème de Brecht. La nuit, je rêve. Lorsque le bateau chavire, je ne ressens pas la peur. Pourtant, je ne sais pas nager.

Dans mon rêve, la peur ne me saisit qu'en te voyant plonger pour me sauver. Tu pourrais ne pas pouvoir m'atteindre, je verrais ton visage désespéré.

Dans mon rêve, tu dis que l'eau peut tuer. Je vois que tu as peur pour moi.

Alors, à cause de toi, et comme le recommande notre ami Bert, j'évite même la pluie tant que je ne saurai pas au moins comment on fait pour flotter.

Qui oserait prétendre que toi et moi, le temps d'un cadeau, le temps d'un rêve, ne sommes pas amoureux l'un de l'autre ? Ou que Brecht, en écrivant son poème à lire le matin et le soir, n'était pas fou d'amour, l'espace de trente-six mots ?

Une journée dont on se passerait bien

D ans l'escalier, ma voisine de palier me happe au passage. « Quel temps horrible », dit-elle avec une moue dédaigneuse, « pour rien au monde je ne sortirais par un temps pareil ! »

Devant la boîte aux lettres, le facteur soupire et se plaint lui aussi de toute cette pluie qui tombe, du froid dont on se passerait bien, de cette grisaille qui donne le goût de s'enfermer chez soi, de tirer les rideaux et de se coucher.

Le courrier à la main, je remonte lentement l'escalier. Je regagne mon appartement en ravalant mes larmes. J'essaie de me réjouir de ne pas devoir affronter « un temps pareil ». Je n'y arrive pas.

Je donnerais tout au monde pour être obligée de patauger dans ces milliers de flaques d'eau, j'accepterais sans dire un mot que les autos m'éclaboussent de la tête aux pieds, que le vent retourne mon parapluie et me l'arrache des mains, je laisserais le froid me rougir les oreilles et le nez, me geler les mains et les pieds, je louerais et bénirais ce crachin, si aujourd'hui, « par un temps pareil », j'avais rendez-vous avec toi, si « par un temps pareil » j'avais la chance de traverser la ville à pied pour te rejoindre. Avec un sourire j'avalerais la pluie, goutte à goutte, acide et sale, plutôt que de devoir ravaler mes larmes et affronter, par un temps pareil, le désert sec et propre d'une autre journée sans toi.

L'autre bout du monde

Ce que tu dois savoir, mon cœur : l'océan, tous les fleuves, les montagnes qui nous séparent, les maisons, les lacs, les milliers de ruisseaux, les arbres aussi, les feuilles... même l'ombre des feuillages est en travers de mon chemin quand je prononce ton nom.

Ma voix s'épuise à t'appeler.

Qui vit trop loin de l'autre ?

De mon bout de la planète sans arrêt je prononce ton nom. Je parle avec toi, je parle de toi. Je parle en cercles concentriques. J'atteins parfois le cœur, mon cœur : je parle de ce qui manque.

Totalement

Chaque œil un lapis-lazuli en forme d'oiseau, rien de moins. Les cheveux : un déploiement de fines plumes blanches, gris perle, avec une touche d'anthracite. Un sourire qui passe infailliblement par les yeux, un sourire outremer qui naît au milieu de l'œil et s'irise en atteignant les cils. Ce visage, une caresse, totalement.

Me laisse toucher par ce visage, pose mon front contre ce sourire.

Sens que ce regard me borde puis le vois replier ses ailes et s'endormir.

Les mains restent ouvertes pendant le sommeil, des mains enveloppantes et chaudes qui font s'écarquiller les yeux d'étonnement. Quand il sert le vin, coupe le pain, défait le lit, quand il vous les tend, on se dit, chaque fois médusé, comme il a de grandes mains rassurantes, invitantes, voilà des mains beaucoup trop grandes pour la petitesse de l'univers, voilà des mains immenses entre lesquelles je vais me perdre, on oublie soudain le goût de toute chose, on ne désire plus que ces mains-là, lucides, généreuses, on les désire tellement, on les désire tellement totalement que brusquement on en a presque honte.

Le rêve du grand sac jaune et bleu

Tout à coup, le rêve se retourne sur lui-même : vous n'avez plus rien, ni chapeau, ni chemise, ni gants. Vous avez tout perdu, donné, usé.

Elle vous appelle « bel ours de mon cœur », vous prend par la main, vous achète un chapeau qui fait rire, vingt chemises excentriques, des gants pour tous les froids de l'hiver.

Et, pour transporter tout cela, elle vous achète un grand sac jaune et bleu, et dans ce sac, abracadabra, elle met aussi du papier et des jeux, des rubans et des confettis, des fruits et un tambour, des étoiles, des bonbons, une bouteille de sherry, et comme le sac est trop lourd et jette dans votre regard une ombre d'impatience, elle vous achète en chemin des bras dignes d'un dieu, quelques grammes d'humour, un kilo de silence et des yeux d'amoureux.

Quelque part au mois d'août

Vous m'aviez donné un prénom plus beau, bien plus beau que celui porté jusque-là, vous l'aviez choisi comme un cadeau, se devant d'être unique, emballé comme une surprise dans un papier brillant, offert comme des vacances quelque part au mois d'août.

Lettres rieuses, légères, dorées, votre voix les rendait mousseuses.

Pendant que vous prononciez mon nom, je posais sur votre bouche mes lèvres entrouvertes et je buvais ce champagne jusqu'à la dernière lettre.

Lettre numéro mille quatre-vingt-quinze

Tu me dis bonjour et m'appelles « ma tendre ». Tu affirmes qu'un seul de mes regards vaut plus qu'un million de marks. Je n'en doute pas un seul instant : personne ne peut te regarder comme moi je le fais à travers nos lettres.

Tu écris que pour pouvoir poser ta tête sur ma poitrine, tu marcherais sept ans à travers le désert. Pour mes lèvres, tu donnerais ta langue. À quoi cela servirait-il ? Que ferais-je de ma bouche si ta langue ne pouvait plus s'y glisser ?

Tu racontes que mes jambes te rappellent celles des plus beaux héros des *Signes de piste*. J'ouvre grands les yeux et m'étonne un peu. Tu précises que mes cuisses ressemblent à celles de grands adolescents blonds. Un fou rire s'empare de moi, je passe ma main dans ma sombre crinière. Tu écris que pour ce rire, tu te ferais esclave. Je ne réponds plus rien, je vois que tu divagues.

Puis tu m'invites à enfourcher un cheval gris pommelé et à galoper vers la forêt où tu m'attends : avec une tente d'enfants non encore nés, avec des rossignols et une jacinthe, avec un lit fait de ton corps et un coussin à même ton épaule.

Si je ne viens pas, dis-tu, tu retireras le couteau planté dans la miche de pain, tu l'essuieras sur ta manche et me frapperas en plein cœur. Alors, je te reconnais : toi et tes chansons tziganes. Même si tu les déformes un peu en les traduisant, elles arrivent, surtout lorsque vient le *si*, à me faire voir avec une netteté troublante ce que je devine parfois au fond de tes yeux.

Neige

Il y a de la neige partout, partout. Il y a de la neige qui tombe, qui tombe.

Le temps sent la fête, il y a des rires dans l'air blanc.

Mon voisin de gauche descend l'escalier en chantant, puis je le vois sortir, portant joyeusement ses skis sur son épaule droite. Devant la maison, trois enfants construisent un fortin, les joues comme des pommes, la morve au nez et le derrière mouillé. J'entends les enfants rire, je vois mon voisin leur sourire.

Depuis deux jours, il neige sans arrêt. Depuis deux jours, je fais la navette entre la fenêtre et le téléphone. Moi qui n'écoute jamais la radio, je n'ai d'oreilles que pour les prévisions de la météo. Malgré le rire des enfants, malgré le chant de mes voisins, j'entends très bien, d'heure en heure, que la tempête approche. D'heure en heure.

Dehors, la neige s'accumule.

En moi, l'inquiétude grandit. Il ne reste qu'une trentaine d'heures avant Noël. Réussiras-tu à partir, ton avion décollera-t-il enfin, seras-tu ici demain, auprès de moi pour fêter avec moi la Noël ?

Je me dirige à nouveau vers le téléphone : 011, cette tempête sera-t-elle ma ruine, mon malheur ?

Pendant que je compose ton numéro, quelqu'un, à la radio, parle de l'hormone du désir amoureux qu'on retrouverait aussi dans le chocolat. Si tu ne viens pas, je mets à la poubelle toutes les friandises achetées pour le temps des fêtes, si tu ne viens pas, je ne mangerai plus jamais de chocolat.

Encore un chiffre, un autre chiffre, mon Dieu que tu es loin ! Et toute cette neige qui tombe partout, ici, chez toi, partout. Toute cette neige qui tombe, qui tombe, qui tombe. Si tu ne viens pas, je me couche dans cette neige et je me laisse mourir.

Abandons

Elle arrive lorsque le jour s'éteint. Longtemps avant qu'elle n'apparaisse sur le seuil de la porte, je la sens rôder autour de la maison. Elle a beau marcher à pas feutrés, je l'entends : je l'attends.

Nul besoin de frapper à ma porte, nul besoin pour elle de s'annoncer. Jamais elle ne me prend par surprise, je suis toujours là pour elle, disponible, libre. Ma maison : son refuge.

Elle va et vient sans se presser, elle a tout son temps, peut errer à sa guise d'une pièce à l'autre.

Parfois, c'est d'abord ton peigne qu'elle remet à sa place, parfois, aussi, elle se dirige immédiatement vers ton côté du lit et ouvre le livre de chevet abandonné à la page huit.

Mais toujours, tous les soirs, c'est dans la cuisine que finalement elle me rejoint, à l'heure de la boisson chaude. Elle prend la chaise bleue, elle prend toujours la tienne, et s'installe tout près de moi, puis elle verse un peu de lait chaud dans ta tasse, la porte à sa bouche, la dépose, se tourne vers moi, sourit et me prend dans ses bras. Je m'abandonne à son étreinte.

Tu ne la connais pas, ne la regarderas jamais dans les yeux : ma tristesse. Elle ne me visite qu'en ton absence, en ces jours, ces semaines, ces mois où tu m'abandonnes à moi-même.

T'aimer sans

T'aimer sans avoir besoin un jour de manger ce qui tombe de tes mains, des miettes, sans jamais avoir envie de me contenter de ces miettes. Et puis t'aimer aussi sans craindre que le temps des gestes larges ne prenne fin, ouvrir, refermer les bras, sans avoir peur que les bras ne se fatiguent d'accomplir jour après jour ces mouvements énergiques, généreux. T'aimer sans me tromper, un soir, sursauter et m'élancer vers le téléphone, décrocher et me rendre compte que la sonnerie provient d'un téléphone qui sonne et continue de sonner dans un film que je regarde à la télé. T'aimer sans haïr un seul instant l'autre qui passe dans ta vie et désire y rester, qui tente par tous les moyens de prendre possession de toi, de t'envahir comme un pays ennemi. T'aimer encore sans qu'un jour le bruit de la clef dans la serrure ne me prenne par surprise, sans ces mots qui s'échappent — « Quoi, tu es déjà là ? » — avant même d'avoir été pensés. T'aimer sans devoir reconnaître, après des années, des années, sans avoir à me dire : lui, non, lui, il ne m'a pas vraiment aimée.

Tendrement

J'invente pour toi la lune diurne, énorme quartier de melon sur lequel je répands trois gouttes de miel. Tu lèches la lune comme une friandise dorée. Elle brille tendrement. Pour toi, pour toi seul.

Mais l'amour appelle l'amour et tu veux que d'autres profitent de cette lune d'or. Alors, sans faire de bruit, nous l'installons au-dessus d'une de ces maisons dont les jardins immenses et les propriétaires sentent bon, une de ces maisons aux murs couverts de lierre et aux encorbellements de bon ton, une maison semblable à un château, flanquée de vingt tourelles, sans façon, une de ces maisons où une femme attend quelque chose. Que le jour arrive, peut-être, LE jour. À quelques pas de là, nous le voyons mieux depuis que la lune d'or brille au-dessus des toits, un homme se tait dans un de ces salons où le velours tapisse et les murs et les mots sans raison, dans un de ces salons aux lustres de cristal brillants comme les phrases qu'on y pond, un salon triste où les statues de marbre répandent leur beauté sans frissons. Cet homme qui attend peut-être l'amour, peut-être, se lève et va à la fenêtre, tournant le dos à son ennui, nappes de dentelle, couverts d'argent, flacons de sels et diamants. Il regarde.

Un rayon de lune, en plein jour, tombe dans le jardin de sa voisine. Intriguée, elle ouvre la fenêtre et regarde.

Leurs regards se croisent, se décroisent. Tendrement.

Sans faire de bruit, nous rentrons. Ce qui se passe là ne nous regarde plus. Nous avons plein d'autres merveilles à inventer. Un pot de miel à vider. Des friandises dorées à croquer. Douceurs, caresses, baisers à échanger. Nous avons à tester nos inventions avant de les offrir à d'autres. Tendrement.

Boumboumboumboum, je t'aime,
je t'aime, moncœurfaitboum

Chanceuse, chanceuse d'avoir un trésor comme toi. Qui pense à moi. Même à Prague. Qui voit, de passage à Prague pour quelques heures seulement, un livre sur un écrivain que j'aime et pense à moi, revient sur ses pas, achète le livre, cherche un bureau de poste, fait la queue et m'expédie le livre *par avion-recommandé-courrier exprès.* Qui fait tout ça. Pour moi.

Moichanceusechanceuse.

Heureuseheureuse.

Chaque fois que je prends ce livre dans mes mains, mon cœur fait boum.

Retrouvailles

Dix heures parmi les nuages, le cœur entre ciel et terre, et soudain je me pose, immense oiseau bleu tacheté de jaune, et j'atterris, avec précision, au centre de ton cœur, toi, le point minuscule, qui fais les cent pas et m'obliges à des manœuvres de dernière minute, périlleuses, toi semblable à des millions d'autres, le nez au milieu du visage, des cheveux, deux yeux, une seule bouche, le corps recouvert de morceaux de tissus cousus, deux souliers, deux mains et quelques excentricités communes à ton espèce, toi qui attends dans cet aéroport depuis des siècles, dis-tu, tu me reçois en plein cœur, comme une flèche empoisonnée, et tu vacilles, et pendant que tu chancelles, les autres disparaissent, tu redeviens incomparable, irremplaçable, avaleur de sabres, magicien dont les formules secrètes transforment une flèche en colombe, avaleur de feu, majuscule enluminée, tu ouvres la bouche et, déjà, je suis éblouie, conquise, avalée.

Ah ! le joli mois de mai !

Il pleuvait, le froid rongeait les murs. Les hôtels, depuis plusieurs semaines déjà, n'étaient plus chauffés. Le printemps, lui, semblait avoir oublié qu'il aurait dû se trouver là depuis longtemps. Mais nous dormions enfin blottis l'un contre l'autre et ne sentions rien de ce qui se passait à l'extérieur de notre lit.

Oui, c'est vrai, j'avais déjà eu une peau plus fraîche, tu avais déjà été bien plus beau que ce matin-là. Mais la nuit valait bien de perdre quelques cheveux, d'écoper une ride ou deux et quelques cernes sous les yeux. Nous n'avons jamais été aussi jeunes, toi et moi, qu'en ce premier de mai.

Ah ! le joli mois de mai !

Ah ! le joli mois de mai !

Nous n'avons *jamais* été aussi jeunes, aussi fragiles qu'en cette aube frileuse.

Fleurs

Sur le rebord de chaque fenêtre, quelques *enfants de Nice*, à fleurs roses, blanches, dans des coloris de violet et de mauve bleu ou encore de bourgogne, de grenat, d'orange et de jaune. Leur odeur épicée de cannelle poivrée se répand dans toute la pièce, et lorsque j'ouvre la fenêtre, elle attire les colibris et les chardonnerets.

Sur la table, un vase rempli de fleurs sauvages, des kalmias à feuilles d'Andromède, du trèfle des prés, une branche de mauves musquées, du rosier rugueux à fleurs ridées, de la chicorée sauvage — vraiment sauvage —, quelques tiges de gentiane, des campanules à feuilles rondes, des chimaphiles à ombelles et des orchidées nordiques dont je tairai — puisque de toute façon vous n'aimez pas les fleurs — les jolis noms latins.

Atterrissage réussi

Quelques secondes avant d'atterrir, au moment précis où nous survolons ton lac préféré, je refais le monde une dernière fois. Quelques secondes suffisent : j'accentue le bleu du ciel, remplace le noir des nuages par du blanc rose, à peine teinté.

Au-dessus du parc que tu traverses tous les matins pour te rendre au travail, je supprime les passeports et dispose les océans là où ils ne peuvent nuire à ceux qui s'aiment, j'efface tous les panneaux indiquant *départs* et *destinations*, les numéros de vols et les salles d'attente.

Et lorsque sort le train d'atterrissage, et pour le même prix, tarif Apex basse saison ou quelque chose du genre, je m'offre le luxe d'une espèce de grand manitou compréhensif et généreux qui, béat d'admiration devant ce nouveau monde, décrète l'abolition systématique de toutes les habitudes, des malentendus, de la jalousie et, pourquoi pas, de la mort.

Et puis j'atterris et tout est pour le mieux dans le meilleur des mondes.

Le plus difficile

L e plus difficile : apprendre à rire sans pleurer. Oublier qu'au bout du compte peut venir le chagrin. Une phrase de trop et ce serait la fin de tout ? Il y aurait un drame — et ce serait la fin ? Sensés et à ce point fragiles, frivoles, farouches ?

Parfois, en rentrant à la maison, je trouve sur la table un bout de croissant et une tasse de café froid. Je soupire. Tu as encore laissé traîner un livre sur la table. Le chat a fait des dégâts. Il y a de la confiture au bas de la page.

Parfois, en rentrant à la maison, je trouve sur la table une tasse de café froid. À côté, un livre. Ouvert à la dernière page. Je tourne cette page. Le blanc m'aveugle. Je referme le livre et me dirige vers la bibliothèque pour le ranger. Mais les rayons s'étalent, vides. Où sont donc passés tous tes bouquins ?

Parfois, en rentrant à la maison, je trouve sur la table une tasse de café. Froid. Juste à côté, il y a un livre. Parfois, au moment où je prends le livre dans mes mains, je me réveille. Parfois, l'instant d'après, je ris. Je ne sais pas très bien pourquoi je ris. Ce qui est vraiment difficile, c'est d'apprendre à rire sans pleurer.

29C

Siège numéro 29C, C pour *célibataire,* j'imagine. Au bord de l'allée. Comme toujours, la place près du hublot et celle du milieu ne font qu'une : un couple. Comme toujours, je deviens le chiffre impair, la troisième lettre, l'angle qui forme le triangle. Comme toujours, à mon corps défendant, j'ai franchi la porte A17, me suis retrouvée dans la salle d'attente, ai pris place, sans toi, dans l'avion qui me ramènera en Amérique.

Siège numéro 29C, C pour *chagrin, cantabile.* Le cœur dans l'allée, au vu et au su de tous. Impossible de se cacher. Accès aux nuages interdit. Au beau milieu du va-et-vient, les larmes ravalées, sourires à droite et à gauche. C pour *civilisée* ?

Siège numéro 29C, C pour *cinéma, cirque, comédie,* je suppose. M'assigne-t-on toujours cette place pour me ramener le plus rapidement possible « dans la réalité » ? Leur réalité : une apparence. En apparence, je suis seule. En apparence. Mais je porte en moi, recroquevillés tels des milliers de fœtus, tes regards, tes sourires, d'innombrables baisers, tes soupirs, quelques larmes et ta voix, tes cheveux.

Siège numéro 29C, C pour *clandestin.* Je te cache, te ramène en douce, réponds « oui » lorsqu'on me demande

« une personne ? » et te traîne avec moi, partenaire invisible, amour secret, amant discret.

Siège numéro 29C, C pour *confort*, disons. J'allonge mes jambes dans l'allée, je me lève et me rassois sans déranger qui que ce soit, je vais et je viens à ma guise, libre de mes mouvements. C pour *compensations*.

C pour *contre-pas*, C pour *contourner*, C pour *continuer*.

Générosité

Tu viens vers moi comme si tu avais l'intention de rester longtemps. Comme si tu caressais l'idée de laisser rider ton visage entre mes mains. Comme si rien ne pouvait te plaire davantage que de voir tes cheveux blanchir sous mes doigts.

J'ai pour toi des regards, des pensées, des noms : tu les prends, tu les gardes comme s'ils t'avaient appartenu de tout temps. Comme si tu les faisais tiens pour l'éternité.

Puis quelque chose se brise.

Mon inquiétude, ma peine, tu me les rends au centuple. Ma salive que tu buvais à grands traits, tu me la redonnes doublée de la tienne. Comme si tu m'avais promis que jamais je ne perdrais au change. Comme si tu voulais me cracher au visage des noms, des pensées, des regards anciens.

Alors, je reprends tout : les avions, les trains, les taxis à l'envers. Chaque atterrissage, chaque entrée en gare devient un départ de plus. Je reprends chaque regard, je reprends chaque nom, je ravale chaque mot et chacune de mes larmes. Mon rire blotti dans tes oreilles, je le retire et le laisse imploser dans ma gorge. Je me reprends corps et âme.

Mais que faire avec tout ce que tu m'as donné et que tu ne reprendras jamais ? Des rides au creux de mes mains, des cheveux gris qui s'enroulent autour de mes doigts et m'empêchent d'aller vers un nouveau visage à caresser. N'aurais-tu pas pu, toi aussi, te reprendre tout entier? Généreusement reprendre *tout* ce que tu m'as donné?

À toi, homme doux et tendre,

au lynx nonchalant qui vit en toi, allongé dans un arbre,
                      sa grosse patte sur mon épaule,

aux crocodiles que tu portes parfois sur la poitrine,

à l'oiseau noir ayant quelque chose à voir avec Schubert,

au lion dont je fus le bouton d'or et à celui qui m'invitait
                      à redevenir sauvage,

à l'ours qui me donnait sans cesse sa superbe tuque bleue
            et son cœur et à qui sied si bien le haut-de-forme,

à la grenouille qui nous promettait un temps magnifique
                      pour nos retrouvailles,

à l'éléphant en train de se faire beau pour sa bien-aimée,
            à celui qui jouait avec toi lorsque tu avais deux ans,

au chat devant le poêle à bois, à celui qui vient de manger
            le poisson, à cet autre regardant tomber la neige,

et à ces chiens étranges et folichons, parce qu'ils t'amusent
            et que j'aimais la lumière dans ton sourire.

Homme tendre et doux,
du début à la fin :
ta main amoureuse, partout.

Ton petit dauphin

117

III

Colères !

On ne pouvait pas toucher les fruits. On n'avait pas le droit de goûter non plus. Quand on voulait acheter, on pouvait simplement dire « Un kilo de cerises, s'il vous plaît » ou « Un kilo d'abricots, s'il vous plaît ». Ou plus exactement : « Ein Kilo Kirschen, bitte ! Ein Kilo Aprikosen, bitte ! »

Il n'était pas possible d'avancer tout simplement la main vers les pommes ou les poires, de poser sa main sur l'une d'elles, d'arrondir ses doigts tout autour, de soulever ainsi le fruit, de faire pivoter sa main avec la poire au creux de cette main totalement inoffensive pourtant pour simplement regarder l'autre côté du fruit.

Non. Goûter, toucher : strictement interdits.

Depuis que je m'étais fait rabrouer, devant les éventaires des marchands de fruits et de légumes, je restais souvent les bras ballants. Attiré de loin par toutes ces couleurs et ces odeurs, je finissais toujours par m'approcher, par m'arrêter, mais une fois là, à quelques centimètres de tous ces fruits défendus, on aurait dit que je me figeais sur place. Acheter des fruits sans les choisir moi-même, je n'arrivais pas à m'y faire. Je m'arrêtais, je regardais, des yeux je dévorais ces fruits, mais la plupart du temps je n'allais pas plus loin. Je ne voulais plus qu'on m'engueule. Et comme chaque fois j'avais le réflexe de tendre la main, comme je n'arrivais pas à faire entrer *ça* dans ma tête, je préférais en rester là.

D'ailleurs, chaque fois que j'avais succombé et fini par acheter des fruits sans avoir pu les choisir, je l'avais amèrement regretté. Dans le cornet de papier brun rosé qu'on m'avait remis en échange de mes pièces de monnaie, je découvrais infailliblement, dès que j'y plongeais la main, les moins belles cerises, les moins beaux abricots de tout l'étalage. Chaque fois la déception, la frustration. Les fruits que je portais à ma bouche, finalement je ne les déposais même pas sur ma langue, j'interrompais le geste en chemin, j'avais presque toujours envie de les mettre carrément à la poubelle, les fruits, de les jeter dans la rue, de les lancer contre un mur, tiens ! Ramollis, tachés, gâtés qu'ils étaient, les fruits qu'on n'avait pas le droit de toucher !

Alors on tremblait un peu, les lèvres, surtout, qu'on finissait par mordre pour ne pas pleurer tellement on en avait marre et tellement on s'ennuyait des fruits de chez soi, des pommes, surtout, les rouges qui sont un peu sucrées et qu'on trouve si rarement là-bas... Ça nous manquait. C'est fou ce que ça nous manquait ! On avait quinze ans, seize ans, peut-être, on passait l'été chez les Allemands, on y était depuis bientôt quatre mois, et depuis bientôt quatre mois on n'avait jamais le droit de toucher les fruits. Mais on ne disait rien. On était très jeune et on était très doux. C'était un peu avant mai 68, on était venu voir ce qui se passait, on était plein de bonne foi, on était plein de douceur, on se demandait si on pourrait vivre dans une commune, on venait de loin et parfois on avait un peu peur. On se taisait sans arrêt, on se taisait depuis toujours, d'ailleurs, on en avait l'habitude, on était poli, on était timide, et quand on avait trop de peine ou quelque chose en soi qui ressemblait à de la rage, on prenait une guitare ou un stylo ou de l'aquarelle et on créait quelque chose. C'est ça qu'on faisait chaque fois, depuis toujours. Jamais un mot plus haut que l'autre. Tout en dedans. Et de la musique, des poèmes, des dessins.

On regardait, on écoutait. On faisait des efforts furieux pour comprendre la vie, les gens, le sens des choses et là, chez les Allemands, cet été-là, on essayait aussi de saisir le sens des sons qu'on entendait et qui étaient censés être des mots. C'est tout ce qu'on pouvait faire, bien regarder, bien écouter, parce que les mots non plus, on n'arrivait pas à se les mettre en bouche, les mots qui n'étaient pas allemands, comme on s'y était attendu, mais bien plutôt bavarois, et puis, ailleurs, souabes, et puis berlinois, des mots étrangers terriblement étranges qui avaient bien peu à voir avec ceux qu'on avait appris, des mots dont les angles, les longueurs, les aspérités et les accents n'arrivaient pas à se frayer un chemin jusque dans nos bouches, pourtant affamées, et souvent béantes.

Alors on restait à l'écart. On était toujours à l'écart. Comme écarté du revers de la main, constamment.

Mais un jour, il y eut des pommes rouges, à tous les coins de rue, tous les étalages, des pommes de chez nous, tellement attirantes que je ne pus résister, je m'approchai et je balbutiai que... que j'aurais voulu des pommes, mais j'aurais voulu les choisir un peu parce que ces pommes-là étaient mes préfé-rées et j'aurais bien aimé en avoir deux, trois très très belles, comme celle-là, peut-être, mais j'aurais voulu d'abord... est-ce que je pourrais, s'il vous plaît...

Mais on ne pouvait pas, non non, on ne pouvait pas. (Nein ! Nicht anfassen ! Verboten !)

Alors je serrai les poings, je me mordis les lèvres et j'en achetai trois kilos, comme ça sans réfléchir, je ne sais pas pourquoi, trois, c'était peut-être comme un chiffre magique, comme si, avec trois kilos, j'étais certain d'en avoir au moins une qui serait vraiment belle, une McIntosh complètement rouge, bien ferme, juteuse...

Tout en marchant vers l'abribus je défis l'emballage et plongeai la main dans mes trois kilos de pommes. À tâtons j'essayai de trouver la plus grosse, puis je la frottai deux, trois fois sur mon blue-jeans, et en tremblant un peu je portai bientôt à ma bouche le fruit dont je rêvais depuis des mois. Mais au moment où mes dents allaient transpercer la peau et faire éclater la chair du fruit et en faire gicler le jus, au moment où mes dents touchèrent la pelure, je vis que le fruit, à cet endroit précis, était meurtri, et alors ça monta en moi, un épouvantable rugissement, et sans savoir d'où ça venait, d'où ça pouvait venir, tout ça, je me mis à rugir et à hurler des mots comme si je n'avais dit que ces mots-là toute ma vie, en trois secondes j'étais à nouveau devant le marchand de fruits et je hurlais « Du Schweinehund ! Du Arschloch ! » et je mordais dans les mots comme dans des fruits et je les lui recrachais au visage : « Du Arschloch ! Du Schweine-hund ! Du Scheißkerl ! »

Et plus je hurlais ces mots étrangers, plus j'avais un goût de sang dans la bouche qui me rappelait quelque chose comme une vie déjà vécue, une langue apprise dans la peine et les interdictions, une rage continuellement ravalée qui tout à coup me remontait dans la gorge, giclait et éclaboussait tout autour de moi, l'éventaire que je renversai comme une construction de légos, les pyramides de fruits qui s'effondraient, les fruits qui déboulaient dans toutes les directions et que j'écrasais et piétinais et écrabouillais...

Colères !

Bien sûr je me retrouvai au commissariat de police et bien sûr je ne pus expliquer clairement la raison de mon geste, mais ça, ça n'est pas très important, ce qui est important, c'est que depuis ce jour-là je fais des colères, je suis tout à fait capable de me mettre en colère et de hurler ma rage et ma peine, mais la colère, chaque fois, jaillit exclusivement en allemand, je connais tous les jurons, même les pires, et je ne sais pas d'où ça vient, tout ça, parce qu'il paraît que je jure et injurie les gens très précisément en dialecte brandebourgeois. Que je ne connais pas.

L'aiguille au fond de la mer

À Gernot

Je me retrouvai un jour presque malgré moi au centre d'un pays d'Asie et là, parmi des centaines de papillons et des milliers de fleurs au cœur extraordinairement sombre, je tuai un homme.

Pour les choses terribles, ou trop belles, les Orientaux n'ont pas de mots. Pour cela, le sublime, l'effroyable et toutes ces choses difficiles à dire, ils ont des images, leur tête en est pleine, des images qui ressemblent à des fleurs, à des parfums, qui font rêver, font tourner la tête, des images à n'en plus finir, à n'en plus dormir, à n'en plus manger.

« Hai di... », il me semble que l'expression commençait ainsi. L'aiguille au fond de la mer.

J'étais obsédée par cette image, comme si elle avait contenu un secret, ou plutôt un message pour moi, comme si, sans trêve, je devais me laisser traverser par elle : l'aiguille au fond de la mer. Hai di...

Je voulais parler leur langue, je voulais décrypter toutes les images, je voulais maîtriser tous les arts auxquels ils m'initiaient si patiemment, agencer les fleurs, plier le papier, tendre l'arc, manier le sabre, suivre les méridiens. Je voulais plein d'autres choses encore. Je voulais par la douceur extrême atteindre la force extrême. Je voulais aussi ne plus rien vouloir, ne plus rien désirer.

J'étais tao plus que jamais.

Pas parfaitement mais totalement.

C'était l'été et la lumière envahissait la chambre dès l'aube. Elle me réveillait tous les matins, me tirait de mes rêves, ces sables agités par le vent que je tentais vainement de coucher. Souvent, la nuit, j'étais en proie à la peur de sombrer. Sombrer comment ? dans quoi ? j'étais incapable de le dire au réveil, mais en rêve je dérivais et me cramponnais à quelque chose qui m'empêchait finalement de couler à pic. Et jamais je n'étais au commencement celle que j'étais devenue à la fin du rêve.

J'ouvrais les yeux, arrachée à mon obscurité par un flot de lumière moutonneuse qui semblait couler dans ma chambre comme une cascade. Doucement, je me levais, versais l'eau de la cruche dans la vasque et me penchais au-dessus. J'aspergeais mon visage puis l'épongeais avec soin, et après la petite cérémonie des ablutions, pieds nus, je sortais de la chambre qui donnait sur un jardin minuscule, mais dont la superficie, environ quatre mètres carrés, était suffisante pour une séance de taï ji. L'herbe encore mouillée de rosée me chatouillait la plante des pieds et me faisait frissonner pendant que je marchais comme un chat, à la recherche d'un lieu qui ce matin-là fût le meilleur pour m'enraciner. Puis le frisson s'évanouissait et j'ancrais mes pieds dans le sol. Je sentais des racines prolonger mes jambes et me relier à la terre, me tirer vers elle. Mais en même temps tout mon tronc devenait léger, mobile, et sur ma tête, suspendue à un fil de soie, on aurait pu déposer un œuf qui n'aurait pas bougé d'un centimètre jusqu'à la fin du *kata*.

Puis le souffle circulait et tout s'enchaînait sans effort, je séparais la crinière du cheval sauvage, la grue blanche déployait ses ailes, je brossais le genou, jouais du luth, repoussais le singe, saisissais la queue du paon, exécutais un simple fouet, agitais les mains comme des nuages, refaisais un simple fouet, caressais l'encolure du cheval, donnais un coup de talon à droite, après quoi les pics traversaient les oreilles et je donnais un coup de talon à gauche, alors venait le serpent qui rampe, d'abord à gauche, ensuite le coq d'or qui se tient sur une patte, le serpent qui rampe, à droite, et à nouveau le coq d'or qui se tient sur une patte, puis la fille de jade qui tisse et lance la navette, puis l'aiguille au fond de la mer...

L'aiguille au fond de la mer.

À partir de la taille, le haut de mon corps s'affaissait vers l'avant, comme dans un salut, et de la main droite j'accomplissais ce geste calme et lent... Je savais que par la douceur extrême on peut atteindre la force extrême. Je savais que la vie passe comme un éclair au ralenti et qu'à la fin, toute la vie repasse en accéléré, le temps d'un éclair. Je savais qu'exécuté plus rapidement, dans le but de se défendre, disons, chacun de ces mouvements pouvait désarçonner un attaquant, renverser la situation, faire de mon vis-à-vis un homme acculé au pied du mur, je savais que je pouvais toujours assener le coup fatal et qu'alors mon partenaire était littéralement un homme mort. Je savais tout cela lorsque je m'inclinais et me redressais, déployant les mains en éventail. Du début à la fin, et même avant aussi bien qu'après chacun de mes *katas*, en moi ce savoir était vibrant, fluide. Il m'habitait totalement. J'étais cette connaissance en mouvement, cette sagesse qu'on m'avait transmise au fil des ans, une manière vivante de participer au jour qui passe avec ses possibles agressions, ses fusions et ses emportements, ses détours et ses recommencements.

Bien centrée, concentrée, lorsque j'enchaînais les vingt-quatre mouvements, je n'étais pas censée voir d'image particulière — au milieu d'une vie qui en était remplie. La langue appuyée contre les dents, les pieds ancrés au sol, alignée, traversée, je ne devais rien voir d'autre (sans vraiment la voir, d'ailleurs) que cette main puis l'autre qui passait devant mes yeux.

Mais je *voyais* pourtant quelque chose, à mon grand désespoir je voyais constamment quelque chose lorsque arrivait l'aiguille au fond de la mer, et toujours la même chose : d'abord du noir, une étendue sombre, opaque, d'un noir mauve qui ressemblait à de l'encre. Puis cela prenait l'allure d'une forêt étrange, un véritable mur de branches et de feuilles, quelque chose d'infranchissable, d'impénétrable qui soudain, contre toute attente, s'ouvrait sur une sorte de clairière dont l'herbe était roussie, rosie, jaunie. La masse sombre, compacte, se défaisait. On aurait dit des coups de pinceau. Et alors, pendant que je me redressais, remontant ma main droite aux doigts alignés, j'entrevoyais, s'élevant comme si je la faisais surgir du sol avec ce geste de la main, une colonne de lumière blanche comme une fumée joyeuse.

Lorsque montait dans ma tête cette colonne blanchâtre toute remplie de lumière, je ne ressentais nul pincement au cœur, nulle angoisse, au contraire, tout, en moi, vibrait comme d'une vie nouvelle, comme à l'extrême commencement de quelque chose. Je devenais infiniment légère et j'avais l'impression de m'élever en même temps que cette lumière à laquelle j'avais moi-même donné vie, d'une certaine façon.

Mais cette colonne, cette soudaine déchirure claire dans le mur sombre et dru, je n'étais pas censée la voir. J'aurais dû pouvoir faire le vide, pouvoir accéder au vide, me trouver dans un état de concentration totale, ne voir, sans les voir vraiment, que la main gauche et la main droite se relayant très lentement devant mes yeux. Laisser couler autour de moi tout ce dont je pouvais devenir l'objet. Répondre en faisant le vide. Devenir l'eau qui cède au couteau sans en être altérée.

Cette image étonnante sur laquelle s'évanouissait l'aiguille au fond de la mer — pendant que j'enchaînais avec les mains en éventail — me revenait parfois au cours de la journée, entre le *kata* de l'aube et celui du crépuscule. Hors contexte, elle me semblait cependant beaucoup plus troublante, plus énigmatique et, chose étrange, plus dérangeante, aussi, alors qu'en fait c'est bien plutôt pendant les séances de taï ji qu'elle aurait dû me paraître mal venue, inopportune, une intruse qu'il aurait fallu doucement, fermement repousser pour atteindre ce vide auquel j'aspirais tout en souhaitant ne plus désirer aspirer à quoi que ce soit... En mangeant, en marchant, en faisant la lessive, mon image obsédante me semblait dépourvue de sens, flottante, coupée de tout lien avec la réalité, alors qu'en exécutant l'aiguille au fond de la mer, spontanément je ne faisais qu'une avec elle. Cette image me disait quelque chose et je comprenais ce qu'elle me révélait, un peu comme dans les rêves quand tout s'illumine parce que soudain, en une fraction de seconde, une fraction d'image, une fraction de mot, le *sens* de l'univers nous est transmis, *le* sens de la vie nous est révélé. Mais au réveil, la formule magique s'est évanouie, on a perdu le mot clef, on a oublié la lettre ou le chiffre ou la couleur et plus rien n'ouvre la porte du sens...

Un soir, cependant, j'eus une impression de déjà-vu.

Et tout s'enchaîna rapidement.

Ce soir-là, en revenant d'une séance de tir à l'arc particulièrement ardue, j'avais eu envie de m'attarder un peu dehors, de faire quelques détours qui me permettraient d'aérer mon esprit avant de regagner ma chambre étroite comme une cellule et je m'étais engagée dans une venelle où je n'avais encore jamais mis les pieds.

Ce soir-là, un homme est venu vers moi. Un étranger, comme moi.

Il m'a adressé la parole.

Je n'ai pas eu peur. J'avais la très nette impression de le connaître.

Nous nous sommes assis sur un muret de pierres.

Bien que me trouvant pour la toute première fois dans cette petite rue, il me semblait y avoir passé mon enfance entière, toute ma jeunesse, y reconnaître les façades étroites qui se dressaient devant nous.

L'homme m'a parlé d'un chien, d'un perroquet, d'un phonographe, et les paroles qu'il prononçait, je les avais déjà entendues, et dans cet ordre-là : d'abord le chien, qui était malade, puis le perroquet, qui s'était enfui, et le phonographe, qui ne fonctionnait plus.

L'homme a posé sa main sur mon poignet, si délicatement que j'en fus remuée des pieds à la tête. Il a dit : « Je voudrais mourir. » Et j'avais déjà entendu cette phrase-là dans sa bouche à lui.

L'homme a dit « Je voudrais mourir » et il m'a parlé de cette brèche dans un mur sombre comme une lumière au bout du tunnel. Cette brèche de lumière dans laquelle il voulait plonger. Il a dit : « Je la vois s'élever vers le ciel comme un panache de fumée. » Et je savais ce qu'il voulait dire : l'aiguille au fond de la mer.

J'ai serré sa main posée sur mon poignet, je me suis levée, il a glissé sa main droite dans ma main gauche et nous avons marché jusqu'à un champ, un ancien jardin public laissé à l'abandon. Il y avait des centaines, des milliers de petites fleurs roses, blanches, jaunes, toutes serrées les unes contre les autres. Il y avait des papillons de nuit, tout plein de papillons qui voletaient sans arrêt autour de nous.

Je l'ai déshabillé et me suis dévêtue aussi.

Je lui ai fait l'amour.

Il y a très longtemps de ça.

Mais je m'en souviens très bien.

Ensuite, nous sommes restés allongés un moment. Il sanglotait. Je l'ai serré très fort et il m'a dit : « J'apprécie beaucoup. Vraiment. Mais pardonnez-moi, je voudrais tout de même mourir. S'il vous plaît. »

Il s'est relevé. Je me suis relevée aussi, comme une fille de jade qui tisse et lance la navette pour la dernière fois. Il m'a regardée, totalement ébloui. Je me tenais devant lui, à quelques pas.

Alors, sans courber le dos, j'ai incliné tout le haut de mon corps vers l'avant, comme dans un salut à l'orientale, j'ai pointé la main droite vers le sol, à hauteur du genou droit, et lorsque je me suis redressée, j'ai visé l'aiguille au fond de la mer, qui est aussi ce point situé entre l'anus et les organes génitaux, et, avec toute l'énergie qui circulait en moi, avec une douceur, une force extrêmes, j'ai remonté ma main droite vers le ciel, les doigts bien alignés, et je l'ai enfoncée là, comme un couteau, à la vitesse de l'éclair, et l'homme s'est écroulé.

J'ai arraché des centaines de fleurs au cœur incroyablement sombre et j'en ai recouvert son corps.

Puis je suis rentrée chez moi, enfin dans cette petite chambre qui là-bas était mon chez-moi. Une petite cellule de moine où je vivais depuis des années. Dans la maison d'un vieux maître bouddhiste qui m'initiait au zen.

Je ne suis jamais allée à la police. À qui cela aurait-il rendu service ? Et puis, j'avais tiré un trait sur tout ça : l'Asie, le bouddhisme, la méditation.

Du fond de mon Occident, tout ça me semblait bien loin.

Il y a si longtemps.

Mais le printemps dernier, au Jardin botanique, j'ai rencontré un Japonais. Il est acupuncteur.

Je crois bien qu'on s'aime.

Je me suis remise au taï ji.

Dix-huit heures et autant de questions

Ce matin, qui n'a pas entendu le réveil et qui a dormi trop longtemps sans pour autant aller enfin au bout du sommeil, sans pour autant venir à bout de la fatigue ?

Qui a souhaité, au saut du lit, avoir le temps, enfin, de déjeuner lentement, dans le calme, en jouissant du café, en goûtant le fruit ?

Qui, ce matin, aurait eu envie de faire autre chose que ce qu'il lui fallait accomplir aujourd'hui ?

Et ce soir, en rentrant, quelque part entre 17 h 30 et 18 h, disons, qui n'a pas espéré, encore une fois, être accueilli par quelque chose de nouveau, de vraiment nouveau, quelque chose qui ressemble à un événement, qui change une vie, qu'on ne pourra jamais oublier, qu'on se rappellera souvent, par la suite, en ouvrant la porte de la maison ?

Qui, là, maintenant, dans cinq ou dix minutes, mangera comme hier sans satisfaire vraiment, profondément, cette faim de pain, ou de viande, et d'amour aussi ?

Qui a déjà terminé son repas, mangé très tôt, mangé très vite, qui s'apprête déjà à laver la vaisselle et qui a peur, en ce moment précis, de la soirée qui s'annonce à quelques instants de ces six heures du soir qui font chaque soir tomber le couperet sur la journée, les espoirs, le possible du jour ?

Qui a envie d'être ce qu'il est, ce soir, exactement ce qu'il est ?

Qui dit « Mais je suis trop jeune », qui dit « Mais je suis trop vieux » ?

Qui est heureux, même à peu près, de ce qu'il fait *maintenant* ?

Qui a hâte que sonne à nouveau le réveil, demain matin, tôt, pour se trouver à l'aube d'un jour nouveau ?

Qui sent la boule dans la gorge, les larmes dans les yeux, à cet instant précis où je dis ces mots redoutés : qui est seul, ce soir, ce soir et cette nuit, et demain encore ?

Passage

INTERDICTION DE CHIENS, DE PERROQUETS ET DE PHONOGRAPHES

Les règlements affichés à l'entrée du passage remontaient sûrement au siècle dernier et plus personne ne prêtait attention à l'enseigne suspendue au-dessus de la vieille grille de fer forgé qu'on refermait le soir vers 22 heures afin que les passants n'aient plus accès à la petite rue traversant l'immeuble où logeait le bureau de poste.

Mais Malou Rousnov, qui a très certainement les plus beaux yeux du monde, devant ces mots s'arrêta net, lut l'affiche à haute voix, se tourna vers moi et me regarda d'une manière tellement décontenancée que j'éclatai de rire.

Il me laissa rire et rire encore de son air effaré, me laissa me calmer, reprendre mon souffle, puis « Un jour, en Mongolie », dit-il très lentement sans me quitter des yeux, « j'ai eu comme patient un étranger qui voulait se suicider à cause d'un chien, d'un perroquet et d'un phonographe... »

J'eus certainement à mon tour l'air très ahuri, car Malou Rousnov s'empressa d'ajouter : « Mais ne vous en faites pas, ce n'est pas si grave, j'ai l'habitude de ces choses incroyables, vous savez... Vous n'allez pas vous trouver mal ?»

Il me prit par le bras et nous nous engageâmes dans le passage.

Je le connaissais depuis trois jours à peine. J'avais lu tous ses articles sur le transfert et le contre-transfert et les deux livres qu'il avait publiés sur le sujet, mais c'était la première fois que j'assistais à un congrès de psychiatrie en Europe et Rousnov n'avait encore jamais mis les pieds en Amérique. Venant tous deux de très loin et ressentant d'une manière particulièrement intense la fatigue du voyage, nous nous retrouvâmes, trop épuisés pour trouver le sommeil, dès la première nuit face à face dans le petit salon de la pension de famille où nous avait logés le comité organisateur du congrès, et notre tête-à-tête, intense, dura jusqu'à l'aube pour se répéter le lendemain à l'heure des repas et se prolonger le jour suivant entre chacune des conférences. À vrai dire, depuis trois jours nous ne nous quittions à peu près plus.

Malou Rousnov était le collègue dont j'avais toujours rêvé.

C'est avec quelqu'un de sa trempe que je souhaitais, depuis que j'étais psychiatre, pouvoir un jour confronter des opinions, comparer des expériences.

Mais sa façon de considérer la vie et la pratique de son art avait, j'eus rapidement l'occasion de le constater, quelque chose de profondément déroutant. Il faut dire que l'homme lui-même était d'un modèle plutôt rare.

«En fait, il *est* passé à l'acte», dit-il au bout d'un moment.

Puis, sans se racler la gorge ou prendre une grande respiration ou quelque élan que ce soit, il enchaîna sur un ton tout à fait ordinaire :

« Il s'est suicidé le lendemain de mon départ. Enfin, j'ai su plus tard qu'il s'était suicidé le lendemain de mon départ de Mongolie. Suicidé, disons « suicidé », puisque ça revient au même.

— Vous exerciez depuis longtemps ?

— Je commençais. »

Il s'arrêta, poussa une porte et me laissa le passage.

« Un bureau de poste ?

— Ça ne sera pas long. Ça ne vous ennuie pas ? Je demande simplement si quelque chose est arrivé pour moi. »

Je fis signe que non tout en disant « bien sûr » et il se dirigea vers le comptoir où une affichette indiquait *poste restante*.

Dans sa façon de s'enquérir s'il y avait une lettre au nom de Rousnov, je crus percevoir tout à coup une fébrilité où perçait un peu d'inquiétude, et lorsqu'il revint, une enveloppe à la main, je me permis de lui faire remarquer qu'on pouvait recevoir du courrier à la pension, les préposés à la réception s'acquittaient tout à fait correctement de leur tâche. Il ne releva pas ma remarque, glissa discrètement l'enveloppe dans la poche de son veston, me prit à nouveau par le bras, ouvrit la porte et me fit passer devant.

Dehors, le monde était de nouveau embétonné. Les commerces fermaient et les rues redevenaient plus calmes. Le crépuscule allait bientôt tomber. Je me sentis triste, tout à coup, loin de tout, avec du ciment tout autour de moi comme un mur trop haut qui m'aurait coupé l'air et bouché la vue.

Nous marchâmes un bon moment sans nous regarder et sans dire un mot, puis comme nous allions entrer dans la rue qui menait à la pension, Rousnov ralentit le pas et murmura :

« Ça fait bien longtemps, tout ça. »

La rue déserte nous attendait avec sa rangée d'immeubles

139

beigeasses. Je me rappelai un chemin forestier sur lequel j'avais marché vingt ans plus tôt, un long ruban complètement recouvert d'aiguilles de mélèze tirant sur le jaune, un de ces chemins qui ne mènent nulle part et qui font remonter des choses en nous, de l'angoisse, parfois, un fond de tristesse, mais parfois, aussi, quelque chose qui nous envahit soudain comme une bouffée de sérénité, une vague d'indifférence et de détachement qui déferle et nous laisse un moment marcher les bras ballants en oubliant qu'il faut constamment mettre un pied devant l'autre pour continuer d'avancer.

« Chaque fois que j'entends le mot *charmant*, c'est à lui que je pense », dit-il. « Il était vraiment ce qu'on appelle *un homme charmant.* »

Rousnov sortit de la poche de son veston la lettre qu'on lui avait remise à la poste. Il promena son regard sur l'écriture fine et régulière d'un bleu marine qui ressortait particulièrement bien sur le papier écru.

« Oui, il était charmant. Il ne s'est pas vraiment suicidé, mais c'est tout comme.

— Pas tout à fait mais tout comme ?

— Oui. »

Malou Rousnov passa l'index sur les lettres de son prénom.

« Vous voulez savoir qui m'écrit poste restante ? »

La question, directe et inattendue, me plongea dans une grande gêne, et la gêne me rendant totalement incapable de répondre, je ne réussis à me sortir d'embarras qu'en esquissant un sourire d'une superbe ambiguïté. Je ne pus faire plus. Ou mieux.

« Un patient », dit-il sans ambages.

Comme il le faisait souvent lorsque nous nous promenions ensemble, il me prit à nouveau par le bras et nous fîmes quelques pas en direction de la pension. Je sentais que mon visage était encore tout rouge d'embarras et je regardais droit devant moi pendant que nous marchions vers la maison aux murs ocreux et aux volets blancs.

« Un ex-patient, à dire vrai. Mais puisque les lettres sont depuis le début une sorte de prolongement à nos séances, je trouve plus juste de considérer que cet homme est encore mon patient. Est-ce que ça vous choque ?

— Vous avez sûrement de bonnes raisons de faire ce que vous faites.

— Je crois. Je crois que cet homme pouvait à partir d'un certain moment marcher tout seul. Devait le faire. Quitter le divan. Il pouvait s'en aller. Il était prêt. Et heureux à la pensée de ne plus devoir remettre les pieds dans mon bureau. Mais il voulait m'écrire. Il en avait besoin. Alors, j'ai dit oui.

— Ça fait longtemps ?

— Oh, des années ! Ça fait des années, maintenant, que nous nous écrivons. Car je réponds, bien sûr. C'était ma seule condition : que cela ne se fasse pas dans un seul sens. Que cela devienne un échange.

— Vous vous écrivez régulièrement ?

— Oui, oui. Très régulièrement.

— Et quand vous voyagez, vous lui dites où il peut vous rejoindre...

— Oui.

— Mais vous ne lui donnez pas l'adresse de votre hôtel ou des amis chez qui vous logez, vous lui...

— Lui non plus. Nous nous écrivons toujours poste restante. »

Nous étions arrivés devant la maison.

« Cela nous ménage à chacun une sorte de couloir

141

d'intimité qui restera toujours inaccessible pour l'autre. Un passage », précisa Rousnov en dessinant une sorte de tunnel avec ses mains.

Je pensai à nouveau aux chemins forestiers qui servent à transporter le bois et qui ne servent qu'à ça, des chemins souvent magnifiques et très tranquilles où l'on se promène en ayant l'impression très nette d'être sur le territoire d'un autre, des chemins qui ne relient pas un lieu à un autre et dont la beauté vient justement du fait qu'ils ne mènent absolument nulle part.

« Tout comme notre correspondance est elle aussi une sorte de passage. Qui n'est fréquenté que par nous deux. Ça, je n'aurais pas pu l'offrir à mes premiers patients. »

Il me sourit, marcha vers l'entrée, tira la porte qui donnait sur le vestibule, et pendant que je le rejoignais, il dit : « Maintenant, je pourrais difficilement me passer de ces lettres. »

Il me fit passer devant en posant doucement sa main sur mon bras.

Je me tournai vers lui, et entre deux portes, comme ça, je lançai : « Moi aussi, j'aimerais vous écrire une fois de retour chez moi. Vous répondrez ?

— Bien sûr », dit-il en poussant la seconde porte. « Poste restante partout dans le monde. Une merveilleuse invention. »

Il avait encore à la main cette enveloppe écrue ornée d'une fine écriture marine. Il souriait. Je me demandai bêtement, joyeusement, quelle couleur d'encre j'emploierais pour lui écrire. Lorsque nous nous dirigeâmes vers le comptoir pour récupérer nos clefs, nous avions tous deux le même genre de sourire sur les lèvres.

Ce dont je parle

À Mladen V. R.

pour tout le reste,
dont je parlerai
un peu grâce à lui

On ouvre des tiroirs, on ouvre des armoires et, les yeux fermés, on plonge tour à tour dans des odeurs de cuir et de suède, des parfums de lavande ou de chèvrefeuille, des odeurs d'orange, des arômes de café. On ne dédaigne pas le lait d'amandes ni la liqueur d'anis, on aime d'une façon tout égale la marjolaine et la camomille, le basilic et le sirop de cassis, le miel de roses et l'eau de mélisse. Pour la tristesse, le vin de myrtilles ou de pervenche fait merveille. Et puis il y a le romarin et la verveine et toutes ces essences précieuses dont les effluves font tourner la tête, les huiles de violettes, de citron, d'ilang-ilang, et encore ! je ne parle pas de l'odeur d'encre noire, ni de celle de l'herbe qu'on vient de couper ni des draps séchés au vent et au soleil... Non, je parle simplement de pomme, de muscade, de cannelle, de chocolat blanc, de chocolat noir, de lait de lys et d'algues marines. Le reste, je n'en parle pas, l'herbe et l'encre, les champs de lavande dont le parfum violent vous grise, vous étourdit, je n'en parle pas, parce que, si j'en parlais, il me faudrait parler aussi des couleurs, le mauve brillant qui vous aveugle et vous rend muet, et tout le reste, tout le reste...

Que serait un meurtre à côté de tout cela ?

Oui, je l'avoue, nous, psychiatres, nous avons souvent envie de tuer nos patients.

Certains ont le don de nous pousser à bout, parce qu'ils sont eux-mêmes exaspérés. C'est sûr que même les plus exaspérants, on finit par les aimer. Ils deviennent même souvent nos malades préférés, probablement parce qu'ils sont les plus investis, comme on dit... Mais c'est vrai, je l'avoue, ça m'arrive régulièrement d'avoir envie de tuer un patient. Je veux dire de le tuer de mes propres mains, pour qu'il souffre enfin autant qu'il me fait souffrir en contrecarrant systématiquement tous mes efforts pour l'aider. Ce plaisir sadique qu'il prend à me voir me cogner la tête, et le cœur aussi, contre le mur de ses défenses, j'ai parfois envie de le lui arracher d'un seul coup, de briser cette résistance aussi violemment qu'il me l'oppose.

Mais je parle ici de *meurtre*, de désirs violents qu'on peut éprouver dans le feu de l'action. Cela n'a absolument rien à voir avec l'élucubration de pousser un patient au suicide, par exemple. Le suicide d'un malade, pour nous, c'est toujours un échec. Et plus les années passent, moins nous pouvons supporter ces échecs-là. C'est vrai que le suicide suscite beaucoup d'ambivalence en nous, surtout lorsqu'il a été évoqué, sinon souhaité par le patient comme une issue que nous ne sommes, hélas ! pas toujours en mesure de rejeter comme étant la plus mauvaise de toutes les solutions possibles. Mais... le malheur est que lorsque cela se produit pour de vrai, tout notre être conscient ne peut s'empêcher de lutter avec force pour se disculper. Nous ne sommes tout simplement pas capables d'admettre que le suicide puisse représenter parfois la seule issue possible. Non, je ne crois pas qu'on puisse souhaiter le suicide d'un de ses patients, quel qu'il soit, quoi qu'il soit.

D'ailleurs, nous sommes beaucoup trop habitués à sublimer. Nous en tirons beaucoup trop de satisfactions pour renoncer à la possibilité de sublimer tout ce qui est un tant soit peu sublimable.

Vous savez, lorsque s'empare de moi le désir violent de tuer un de mes patients, par exemple, je me dis que la mort n'est vraiment pas ce que j'ai de pire à lui offrir. Non, la pire chose que je puisse faire à un patient, c'est de l'amener jusqu'à la guérison. C'est une voie — j'allais dire «sublime»— , une voie extraordinaire pour la sublimation de la haine que j'éprouve pour lui, car la guérison a toujours pour conséquence que le patient ressent enfin des sentiments de perte, de chagrin. Sa grandiosité diminue, le patient rapetisse avec elle, il prend des proportions humaines et souffre enfin pour de vrai parce qu'enfin il sait. Alors il éprouve toutes les formes de souffrance dont il avait réussi jusque-là à se protéger : jalousie, déception, peur d'être envié, tous les sentiments sont maintenant possibles, il peut enfin connaître toutes les formes de souffrance au monde et c'est moi qui l'aurai amené jusque-là.

Voilà ce que je me dis lorsqu'un patient, avec tout le sadisme dont certains sont capables, prend un malin plaisir à contrarier tous les mouvements que je fais pour l'atteindre. Je peux m'offrir le luxe d'attendre, de revenir patiemment à la charge et de tenir ma haine en échec : lorsqu'il sera enfin libéré, guéri, tout le temps perdu à vivre à côté de ses souliers, étranger à lui-même, lui sautera aux yeux, le prendra à la gorge, exigera son dû, le fera souffrir.

Que serait un meurtre, dites-moi, à côté de tout cela ?

Si tu savais

Elle a une façon de grimper l'escalier, ces jours-là, que je reconnaîtrais entre mille. Elle a une façon de poser son pied sur les marches, d'arriver devant ma porte, de frapper, de sonner que je ne peux confondre avec aucune autre, et à cette façon qu'elle a de monter l'escalier, déjà, de frapper contre la vitre ou d'appuyer sur la sonnette, je sais que le choc, encore une fois, a eu lieu, que la découverte est totale et que pour elle la vie, désormais, ne sera plus jamais la même.

Telle une petite apparition, un petit ange ébranlé, elle se tient là, bien droite dans l'embrasure de la porte. Quelqu'un d'autre pourrait croire qu'elle n'ose pas entrer. Mais moi je sais que la peur ou la gêne n'ont rien à voir avec ce qui tout à coup la paralyse ainsi sur le seuil de la porte. J'ai reconnu, comme une entrée en matière, sa façon d'arriver, et je sais ce qui va suivre, maintenant, du moins les deux premières phrases, je les connais par cœur. Ce sont toujours les mêmes, comme un rituel, et le temps d'arrêt qu'elle marque entre ces deux phrases fait lui aussi partie de la solennité du moment. On dirait une sorte de pont qui sert à nous réunir, à nous placer sur la même longueur d'onde, à nous mettre profondément en accord. Car ce qu'elle va dire va bouleverser le monde, le transformer totalement. Et c'est pour ça qu'elle attend un peu avant de franchir le seuil de ma porte.

Puis elle entre, et à mon sourire volontairement interrogateur elle répond par un regard à ce point inquiet et prudent qu'il me chavire complètement.

Levant vers moi ses yeux de petite fille qui a depuis longtemps déserté le territoire étroit et étouffant de l'enfance, elle dit ensuite timidement, presque à voix basse : « Tu sais pas quoi ? » Et elle attend.

Avec la tête je fais signe que non et alors, comme quelqu'un qui n'en peut plus de garder un secret, elle s'exclame « J'ai découvert quelque chose !... » avec le mot *chose* qui monte en point d'exclamation et retombe lentement en points de suspension.

Moi, je la regarde, je la regarde très fort, très attentivement, et du regard je l'encourage à poursuivre, « Allez, vas-y, je t'écoute, je suis tout oreilles, jamais personne ne t'a écoutée comme ça, allez, vas-y, fillette ! », alors, comme pour s'assurer une dernière fois que la chose m'intéresse vraiment, comme pour piquer définitivement ma curiosité, elle ajoute : « Si tu savais... »

Mais justement, moi je veux savoir, fillette, moi ça m'intéresse, moi je n'attends que ça, les jours où un éclair profond te traverse, où tu te tiens tremblante devant ce qui, apparu, pourrait disparaître aussitôt, où tu m'obliges à marcher un peu pour te rejoindre, alors aie confiance, et voilà qu'elle demande, mais je sais que c'est pour la forme, pour avoir encore une ou deux secondes rien qu'à elle, tout à son secret, elle dit « Tu veux savoir ? », mais je crois qu'elle ne remarque même pas que je fais oui de la tête, elle sait bien que tout en moi dit oui, elle prend juste le temps d'avaler sa salive et de dire « Bon. Voilà. »

Elle y va lentement, elle se concentre bien pour retrouver l'ordre exact, car la chose est complexe et incroyable et fabuleuse, et il ne faut pas se tromper. « Bon. Voilà. »

Et après ces deux mots-là, ses yeux sont littéralement rivés aux miens, et cette enfant-là et moi, nous sommes en parfaite intelligence lorsqu'elle dit, en détachant chaque syllabe : « Demain, aujourd'hui sera hier. » Elle répète, en laissant tomber un mot à la fois : «Demain, aujourd'hui sera hier. »

Après, l'espace de quelques secondes, c'est le silence avec plein d'éblouissement dedans, c'est elle et moi réunies au milieu du mystère, c'est la masse fabuleuse et étourdissante de ce qui n'est pas possible et pourtant nous mène au cœur même des choses et nous secoue et nous traverse avec fulgurance et nous console comme une bête solidaire et bientôt amicale.

« Tu te rends compte ? » dit-elle les yeux noyés d'étonnement, « mais tu te rends compte ? »

Qu'est-ce qu'on peut répondre à ça ?

Je me rends compte, bien sûr, je me rends compte de l'ampleur de la découverte, je sais bien tous les chavirements qu'elle entraîne déjà, toutes les conséquences qu'elle aura, tous les tourments qu'elle fera naître.

Je me rends compte, mais je ne peux pas répondre ça. Répondre oui, ce serait avouer en même temps qu'on savait déjà, sinon on ne répond rien, on s'exclame à son tour, on est complètement ahuri, abasourdi, bouche bée ou alors on se tient la tête à deux mains et on crie son étonnement. Répondre oui, ce n'est pas possible, c'est amener l'autre à s'écrier : « Tu savais et tu ne me l'as jamais dit ? ? ? » Mais on ne peut pas faire non plus comme si on ne savait pas, on ne peut pas tricher et faire semblant et feindre l'étonnement, mimer cet étonnement d'autrefois.

Si elle vient vers nous chaque fois, n'est-ce pas d'ailleurs un peu parce qu'elle sait, au fond, qu'on sait toutes ces choses-là ? Qu'on fait partie de ceux-là, ceux qui savent, une poignée à peine, ces quelques grands qui savent depuis l'enfance et n'oublieront jamais parce que leur vie chaque jour depuis en est toute chamboulée ?

Demain, aujourd'hui sera hier.

Mais... C'est triste, mais rien de tout ça n'est vrai, je veux dire la petite qui sait où aller et à qui confier « tu sais pas quoi, la terre est ronde ! », il n'y a pas d'enfant qui peut courir vers une voisine, il n'y a personne qui comprendrait, pas de père, surtout pas de père, pas de mère, pas de papi non plus et pas de voisine, tant pis, je suppose que... que c'est comme ça, la vie, il y a moi toute seule, si tu savais, j'ai sept ans, j'ai neuf ans, je n'ai nulle part où sonner et demain — tu te rends compte ? — aujourd'hui sera hier. Tu te rends compte ?

Rien qu'un bout de rail

À François Ismert

*Comme si nous étions
dans un film américain
sous-titré en français.*

Ça me fait de la peine. Je ne peux pas le dire autrement. C'est ça qui reste, finalement, quand j'y pense : la peine. Et c'est pour ça, aussi, que j'y pense le moins possible, que je m'attarde le moins possible, que j'en parle le moins possible.

C'est ici que je suis née et que j'ai passé la plus grande partie de ma vie. Mais cette ville, pour moi, même après tout ce temps, c'est « rien », c'est le vide, le trou dans ma mémoire. Et j'ai cru très longtemps que ça tenait à moi, que je devais avoir une mémoire terriblement défaillante, une sorte d'incapacité structurelle et génétique à retenir les traits d'un lieu qui m'était pourtant familier.

Puis je suis partie, et je suis revenue, et en revenant j'ai eu un choc, et pour la première fois j'ai vu : j'ai vu qu'il n'y avait rien à voir, j'ai compris que si on ne retient rien de cette ville, c'est qu'elle-même ne nous retient pas, n'a *rien* pour nous retenir, rien qui arrive à nous accrocher. Son seul trait particulier est peut-être justement de n'en pas avoir vraiment. Sans visage, elle est sans voix, elle ne nous parle pas, mais ce n'est pas un de ces beaux silences ronds et pleins qu'on peut rompre, à force d'efforts et en visant juste, comme une *piñata* qui attend qu'on atteigne son cœur pour nous inonder alors de douceurs de toutes sortes, non c'est le mutisme triste et stérile de celle qui n'a rien à dire parce qu'elle ne sait même pas qui elle est. Et — le pire : elle ne sait même pas qu'elle ne sait pas. Elle ne sait pas qu'elle n'a pas de visage, pas plus de regard que de voix, pas de lumière dans les yeux qu'elle n'a pas.

Alors, comme on serait seul à regarder, et comme de toute façon il n'y a rien à voir, on passe sans que le regard s'attarde, on ne détourne même pas les yeux — la laideur, on y est habitué depuis longtemps, une éternité, on est né dans cette grisaille et ce fouillis et cette absence totale de grâce —, non, on ne détourne même plus les yeux, seulement, à la longue, on ne sait plus comment laisser errer le regard sans jamais le poser sur les choses et on finit par marcher dans cette ville comme en aveugles, en regardant en soi, tout simplement, en se repliant un peu sur soi ; d'ailleurs, six mois par année le froid nous y aide un peu, on se tasse chaque jour davantage et on allonge le pas et on passe pendant cinq ans, quinze ans, trente ans chaque jour devant les mêmes églises, les mêmes écoles, les mêmes commerces, les mêmes maisons et quand un bon matin, en se rendant au travail, on bute au détour d'une rue contre un chantier qui n'y était pas la veille, on reste un instant interdit, les bras ballants, l'air ahuri : qu'est-ce qu'il y avait ici, hier ? une banque, un magasin ? quelle sorte d'édifice était-ce ? Et on se demande avec une inquiétude grandissante comment c'est possible de passer pendant des années devant un édifice sans pouvoir, le jour où on le démolit, retrouver dans sa mémoire le souvenir de cette façade, rien, pas le moindre indice, et on s'inquiète encore plus quand ça se répète le mois suivant, et puis le mois d'après...

Difficile mémoire, difficile histoire : qu'est-ce qui vient en premier ?

Quel lien peut-on avoir avec une ville qu'on perd constamment, par petits morceaux, qui nous échappe depuis toujours ? Comment se retrouver, savoir prendre racine, vers quels points de repère se tourner, vers quels souvenirs, comment s'orienter dans une ville où on ne peut se fier ni aux rues qui changeront de sens demain ni aux maisons qui n'y seront plus demain, comment s'y retrouver quand même les cartes de la ville, il faudrait les tourner quasiment tête en bas pour qu'elles parlent, je veux dire parlent pour vrai, disent les choses comme elles sont vraiment ? Car ici, du moins si on se fie aux cartes, le soleil se couche au nord, toujours au nord, et le pire, c'est qu'on s'y fait, on finit par trouver ça normal, et quand un étranger s'étonne, on patine un peu et on dit « Non, pas complètement au nord, mais le soleil ne se couche pas complètement à l'ouest non plus... Disons : nord-ouest » et on replace un peu la carte sur son axe, et on fait comme si de rien n'était. Comment survivre autrement ?

Légèrement désaxée, cette ville est une ville qui louvoie sans cesse, et parce qu'on y vit, on est obligé de faire comme elle. On zigzague, on dévie, on s'égare, on est des perdus, des errants, un peu comme les Juifs, quoi ! mais des fois je me dis que c'est pire encore, qu'on est des paumés, de *vrais* paumés, parce qu'on est perdus et qu'on ne le sait pas. Parce qu'on n'ignore pas seulement où on est, mais qu'on est tellement perdu qu'on ne sait même pas où on en est par rapport à tout ce vide, cette absence de points de repère, ces trous dans la grande mémoire. Et dans la petite aussi.

Dans la mienne, la très lointaine, il y a un joueur d'orgue de Barbarie devant un grand magasin du centre de la ville et il y a des tramways, mais je pourrais bien avoir rêvé ça ou l'avoir vécu ailleurs, comme la verdure et les jardins publics et les enseignes en vrai français... Mais près de l'université, il y a un petit bout de rail qui serpente encore entre quelques pavés oubliés là et quand je passe par là, j'essaie de ne pas trop le remarquer, de ne pas trop voir cette trace, et je fais comme si en dedans rien ne remuait en vain, comme si tout était normal, comme il est parfaitement normal que rien, ici, ne me rappelle quelque chose d'ici, normal que les premiers jours du printemps, quand le temps est doux pour la première fois et qu'on installe quelques chaises à la terrasse d'un café, ne me rappellent pas avril à Montréal, mais seulement Noël à Aix-en-Provence quand il fait assez beau pour qu'on prenne le café dehors et février à Munich quand le foehn fait sortir les crocus et mars à Manhattan quand ils s'installent au coin des rues pour vendre des bretzels et du coca.

Montréal, c'est l'impossible mémoire d'un lieu, d'un lien. Montréal, c'est rien.

Montréal, c'est des gens, tout simplement.

Un bout de rail qui fuit entre des restants de pavé, et des gens.

Ce qu'on sait

À Lucile

C'est incroyable comme on sait les choses !
          On ne sait pas qu'on sait, mais on sait tout plein
          de choses.
À reculons, plus tard, on repasse le film, on revoit les événements et au fur et à mesure qu'on regarde, rétrospectivement, comme ça, on décode, on saisit, et on pointe du doigt : là, je savais. Tiens, ici, ce jour-là, ce mot-là, ce geste-là, stop ! celui-là, tiens. Je savais. À ce moment-là, déjà, je savais.

On peut mettre le doigt sur les images, arrêter le film des dizaines de fois, on peut très bien dire ce qui n'allait pas, ou qui allait trop bien, et à quel moment. À quel moment on n'a pas voulu voir, ni entendre, ni comprendre.

Ce jour-là, nous étions invités chez mes parents, à la campagne. Nous sommes arrivés tôt et, contrairement à notre habitude, nous sommes repartis très tard dans la nuit. Ce jour-là, j'ai pris des photos toute la journée, de ma mère, de mes sœurs. Mes nièces, mon beau-frère. Le voisin. C'était comme une frénésie, une fringale, je n'arrivais pas à me

157

rassasier. J'ai pris des photos presque sans arrêt. Mais aucune de mon père.

Tout le monde apparaît sur une photo ou une autre, tout le monde sauf mon père.

Ma mère m'en a beaucoup voulu. Sur le coup, je n'ai pas su quoi dire. Je ne comprenais pas, moi non plus, pourquoi j'avais pris tout le monde, sauf mon père, pourquoi j'avais, pendant des heures, mitraillé tout le monde sans arrêt, sauf mon père...

Plus tard, en regardant les photos, en les regardant attentivement, en me revoyant cadrer, reculer, me rapprocher, j'ai compris que ce jour-là, moi, je savais.

Son rire, par exemple. Ce jour-là, il était trop clair, trop léger. Toute la journée, ça m'a dérangée. Quelque chose détonnait, dans ce rire-là. Et ses yeux : ils brillaient trop. Quand je le regardais, je savais que ça n'allait pas. Il était en parfaite santé, il n'y avait pas de raison, cependant je savais que je le voyais pour la dernière fois. Mais je n'ai pas voulu savoir que je savais.

Sur les photos, tout est clair. Sur chaque photo, mon père, qui n'y apparaît pas, est terriblement présent. Sur chaque photo, j'ai pris, à droite, à gauche, au premier plan ou en toile de fond : le chapeau de mon père, sur la table à café ; les souliers de mon père, sous le hamac ; la chemise de mon père, sur le bras de la chaise longue...

Il est partout présent, sur chaque photo il me fait ses adieux. Mais lui en entier, lui de la tête aux pieds... C'est comme si je n'avais pas voulu le perdre d'un seul coup... Comme si je ne voulais pas, ce jour-là, accepter de savoir tout ce que je savais déjà.

Toute la terrible tribu du troquet

Je respire un grand coup et j'ouvre la porte du bistrot.

Toute la terrible tribu du troquet se retourne lorsque je franchis le seuil, referme posément la porte, le visage à la fois doux, dur et fermé comme une pierre, et — d'un mouvement lent, qui serait quasi indolent si ma démarche n'était en même temps si assurée et grave — me dirige vers une table un peu à l'écart, presque au fond de la salle, cette salle remplie d'une meute qui m'examine, me jauge, s'étonne et masque sa surprise sous une extrême retenue des gestes, une façon de détourner presque aussitôt la tête et de faire mine de rien qui veut ressembler à de l'indifférence mais n'y arrive pas tout à fait, car, après tout, personne ici n'a jamais rien vu de tel et chacun se demande s'il n'a pas la berlue.

Eh oui ! C'est moi. Comme un ange descendu du ciel, me voilà ! Regardez-moi bien. Je suis celle que vous attendiez depuis des siècles, celle qui un jour devait vous surprendre, vous tourmenter un peu, vous faire douter de tout, et d'abord et avant tout : de vous.

L'un de vous regarde son blouson, l'un de vous la regarde de travers, l'un de vous jette un coup d'œil à ses chaussures, l'un de vous encore, comme regardant ailleurs, l'air de ne pas

159

y toucher, scrute le blue-jeans : qu'est-ce qui se cache là-dedans ? L'un de vous me fouille du regard comme s'il comptait chacun de mes os.

Mais je m'en fous, ces regards-là, j'en fais mon affaire.

Tant qu'il n'y a pas de mépris — et c'est ça, mon pari —, tant que j'ai le droit de rester tranquillement assise ici dans mon silence et votre turbulence, dans ma fureur et votre terreur, vous pouvez bien chercher ce qui se cache là-dedans, évaluer mon cul, imaginer ma tête dans vos mains ou votre bouche sur mes seins, vous pouvez bien soupirer et vous détourner en me voyant ouvrir un livre, vous pouvez tirer plus fort sur vos cigarettes, plonger vos mains dans vos poches et me tourner le dos, c'est votre droit, je vous l'accorde, et le mien c'est d'être assise ici, au milieu de vous, et de vous déranger.

Le premier qui me toise, je l'écrase comme un pou.

Ne riez pas. Je crois que j'en serais capable.

Non, je n'ai rien à voir avec les motards, rien à faire avec les rockeurs. Oui, je sais, malgré mon blue-jeans et ma veste noire, j'ai davantage l'air d'une communiante que d'un voyou, je sais, un ange, même lorsque j'affiche mon air buté, boudeur, fermé à double tour, j'ai l'air d'un ange, même en colère, tout à fait hors de moi, j'ai l'air, au mieux, d'un petit diable, un ange qui aurait mal tourné, qui serait mal en point, un enfant oublié sur un quai de gare et qui en veut à quelqu'un, mais il ne sait pas à qui et sa peur est encore bien plus grande que sa rage. Oui, je suis seule. Non, je n'ai pas de clan. Oui, je suis ce que vous appelez pompeusement une « artiste ». Non, je n'ai pas vraiment l'air de ce que je suis. Oui, je me sens complètement à l'écart, totalement dans la marge. Non, je ne fréquente pas les prostitués. Non, je ne me *shoote* pas non plus. Oui, je côtoie des gens qui boivent trop, oui, tous les jours circule autour de moi une quantité astro-nomique de coke. Non, je ne mange pas toujours à ma faim, oui, j'engloutis des fortunes pour des stylos, des disques et des parfums. Oui, j'aime l'odeur des tabacs étrangers. Mais j'aime aussi la bière. J'aime le vin. J'aime le champagne. J'aime lire. J'aime écrire. J'aime peindre. J'adore le café. Je l'aime encore plus que la bière. Son arôme me fait plier les genoux, je ferais des bassesses pour une gorgée. Alors, tout à l'heure, quand je commanderai un double *espresso* bien serré, ne me souriez pas avec condescendance. Quand j'ai trop mal, je crie aussi « Mescal ! » Mescal à la rescousse. Black-out au rendez-vous. Mais c'est vrai, oui, je me défonce plutôt à coups de crayon, à coups de pinceau. Oui, je carbure à l'écriture, à la peinture, à la lecture, aussi. Et le premier qui me regarde de haut, il se fait abîmer le portrait... Non, je ne suis pas super grande super blonde et je ne me fendrai pas en quatre pour vous impressionner. Non, je ne suis pas ce qu'il y a de plus jojo, oui, je suis compliquée, plutôt *heavy*. Mais donnez-moi du temps, vous verrez : j'ai du chien. J'ai tout quitté, j'ai traversé un océan, et il y a quelqu'un qui devra m'ouvrir les bras et je crois bien que c'est vous.

Des troquets comme celui-ci, il y en a tout plein, par ici. Je ne suis pas entrée dans le premier bistrot venu. J'ai choisi ma tribu. Alors, tolérez-moi. Acceptez-moi. Prenez-moi. C'est ici que je veux être chez moi. Comme si vous étiez ma famille. Mais sans être obligée pour autant d'être comme vous, pareille à vous, en tout point semblable à cette terrible tribu que vous formez.

Si je ne parle pas votre langue, sachez que je la comprends.

Cela devrait suffire.

Cela devra suffire.

Elle n'en dira pas plus, elle n'en fera pas plus.

Elle sera comme un tout petit éclat de verre, planté dans la main, planté dans l'épaule, une minuscule chose, un infime dérangement avec lequel toute la terrible tribu du troquet devra apprendre à vivre, car il n'y aura pas moyen de s'en défaire, mais pas moyen d'y toucher non plus, cette fille-là, c'est du verre, ébréché, tranchant, c'est de la lumière brisée qui vous coule entre les doigts si vous essayez de la saisir.

Regardez-moi bien : écorchée, épuisée, détachée de tout, acharnée, austère et blindée, cent fois blackboulée, bizarroïde, si vous voulez, je suis empêchée, au fond de moi, abandonnée, dépossédée, je n'ai rien, absolument rien, et je n'ai pas à le prouver, rien à justifier, ma vie ressemble à un acte insensé, mais j'irai jusqu'au bout, même lorsque la matière s'effilochera et que l'instinct s'épuisera. Toujours il restera quelque chose au bout de mes doigts. Ce fourmillement dans les mains qui fait tourner les poignées, ouvrir les portes, franchir des seuils. Ce n'est pas un hasard si je suis entrée ici. D'une fois à l'autre, j'ai marché plus lentement et maintenant je me suis arrêtée, et je me tiens, brisée, bien droite, à l'écart tout au milieu de vous, et il faudra bien qu'il en soit ainsi, car j'ai toute une enfance à vivre et toute une jeunesse entourée et je sais déjà qui dans cette terrible tribu sera le grand frère et qui la mémé qui râle tout le temps et comprend et défend. Car l'un de vous sera la mémé, vous ne le savez pas encore, mais celui-là, là-bas, qui fume des Camel, c'est la mémé du troquet, celui qui dira « Mais foutez-lui la paix ! » et qui parfois en passant regardera par-dessus mon épaule et vous dira « Mais laissez-la donc travailler ! »

Et celui-là qui me regarde à présent comme si j'étais un caïd, et cet autre qui enfonce ses mains dans ses poches et baisse un peu la tête lorsque je jette un œil dans sa direction, ils sont déjà, ces deux-là, tellement près de moi qu'ils me tiennent par la taille et tanguent un instant avec moi. Et je devine que toute la terrible tribu du troquet sent le sol se dérober lentement sous ses pieds et sait déjà ce qui va se passer.

Aujourd'hui, je ne resterai pas longtemps. Aujourd'hui, c'est comme un baptême, simplement. Mais je reviendrai demain — non, pas demain, ce serait trop tôt. Je ne viendrai pas tous les jours, ce serait trop. Après-demain, quand vous vous serez inquiétés un peu.

Maintenant, je repousse la tasse vide, je glisse le livre dans mon sac, je me lève, je rezippe mon blouson dans un grand *zzziiip* qui fait frissonner mémé, je respire un bon coup et pendant que je traverse à nouveau la salle, tout à coup toute la terrible tribu du troquet me tient. Me retient. Et tombe doucement dans mes bras dépourvus de tatouages. Lentement dans mes bras. Dans *mes* bras.

Attendre

J'enfonce ma tête dans l'oreiller, je crie que je voudrais mourir, mourir là où ton corps épuisé a dormi ces dernières nuits, où des sons bizarres qui sortaient de ta bouche comme des mots se sont assoupis au petit matin après avoir fait basculer la chambre dans une lumière presque transparente.

La tête dans l'oreiller je pleure comme une enfant, j'attends le moment d'appeler le taxi, puis je pense : je suis grande, maintenant ! Je me lève, je refais le lit, minuscule chagrin dans ce monde défait, et je ris, voyons tu sais bien que je ris, pitchounette, je déteste les drames, je déteste les larmes, je suis une femme dauphin, je souris à tous venants, j'attends, j'aime, je vis pendant ce temps qui te file entre les doigts, je suis grande, chaque semaine me grandit, un jour je serai géante, presque aussi grande que toi, pitchounette, qui ris et chantes *Frère Jacques* même un matin de chimio.

Ce qui convient dans de telles circonstances

À Solange

Un homme riche, dites-vous ? Très riche. Vous voulez offrir à un homme très riche, qui peut tout s'offrir et qui a tout vu, un cadeau tout à fait exceptionnel que vous emballerez dans du papier gris argenté...

Non-non, je ne m'étonne pas, je suis simplement un peu émue que vous soyez venue vers moi, car je suis vraiment celle qui peut vous répondre, sans l'ombre d'une hésitation et sans le moindre doute.

Je connais ce monde-là. J'ai été aimée à la folie par un milliardaire, autrefois, et j'ai une connaissance profonde de ce monde-là.

Je sais fort bien ce qui convient dans de telles circonstances. Surtout rien d'ostentatoire. Voilà d'abord ce qu'il faut éviter à tout prix. Il faut quelque chose qui soit simplement totalement original, un petit rien rare ou farfelu, qui intriguera, amusera ou fera peur. Un bâton de soufre, par exemple.

Ah ! Je vois que vous êtes ébahie.

C'est à mon avis le seul genre de cadeau qu'on peut se

permettre d'offrir à une personne riche, je veux dire très riche, et qui croit avoir tout vu.

Je possède moi-même encore trois ou quatre de ces bâtons de soufre que je veux bien vous montrer. À deux reprises, j'en ai offert à l'occasion d'une invitation particulière...

Voilà. Tenez !

Ne faites pas cet air ahuri, tenez, prenez ! prenez dans vos mains cet étui, il ne vous mordra pas, ouvrez-le avec précaution, c'est d'ailleurs ce que fera l'homme à qui vous l'offrirez, il ouvrira du bout des doigts le coffret de cuir orné d'un filet d'or, dans lequel vous aurez glissé un étui en lin noir dans lequel se trouvera cet objet... étonnant, n'est-ce pas ? qui fait un peu... moyenâgeux, peut-être ?

Je vois que vous appréciez, oui-oui, je le vois à cette flamme qui s'est allumée dans vos yeux, à cette façon que vous avez de tourner et de retourner le bâton dans vos mains.

C'est Honorade, une de mes grands-tantes, qui m'a légué toutes ces choses étranges que je possède, bâtons de soufre, pierres à aiguiser... Voilà. Voilà ce que j'emballerais dans du papier brillant, à votre place.

Moi, la première fois que j'ai offert un bâton de soufre, c'était à l'occasion d'une invitation très, très spéciale...

Vous verrez, vous serez tout à coup le centre d'attraction, on vous entourera, on s'extasiera sur la beauté de l'objet, on voudra en savoir plus long sur vous, les bâtons de soufre, votre vie. Vous qui jusqu'ici n'avez été qu'une ombre, vous ferez conquête sur conquête. On se prendra d'amitié pour vous, on tombera amoureux de vous... Croyez-moi. Tout est question de lumière, dans la vie, d'éclairage, il faut présenter les choses sous un éclairage particulier, et la lumière, ce sont les mots qu'on emploie, les mots qu'on prononce en faisant des gestes, en offrant des choses, alors pour faire de mon présent quelque chose d'unique, de tout à fait fascinant, j'ai dit à mes hôtes, je leur ai *confié,* en leur tendant mon cadeau, qu'autrefois on croyait fermement que, portée sur soi, cette chose protégeait de la mort. Remarquez, on peut dire cela de n'importe quoi, mais prononcer ces mots-là en offrant un bâton de soufre, je vous assure, cela fait sensation.

Contre les grandes richesses, la folie, les excès de toutes sortes, il n'y a que les mots, leur folie, leurs excès, cette formidable liberté qui nous envahit pendant qu'on les prononce. Il ne faut pas avoir peur des mots. Prenez un objet, prenez un objet aussi simple qu'un tout petit bâton de soufre et choisissez des mots, prononcez des mots que la plupart des gens évitent parce qu'ils en ont peur, et vous verrez... Il suffit d'un tout petit bout de papier, d'un tout petit bout de ruban, noir, doré, argenté, et le tour est joué.

Partout, toujours

Tous les autres m'entourent, me suivent ou me précè-
dent, quelquefois me talonnent, d'autres fois m'aban-
donnent, mais eux ils m'accompagnent.

Bien que la vie soit parfois vaste et parfois minuscule et
étroite, parfois juchée tout au sommet d'une colline de
peines et parfois comme au point le plus bas d'un village,
nous la traversons en diagonale, tout à fait, comme si nous
marchions sur un sol plat et étale, car nous marchons
ensemble, et rien ne nous distrait, ni le vol des oiseaux, ni les
cris des enfants, ni les aboiements des chiens. Le bruit des
camions et celui des scies sauteuses jamais ne nous fait sursauter. Nous nous concentrons. Nous ne courons pas non
plus dans tous les sens. Nous voulons marcher longtemps.

Mes détours leur conviennent et là où je mets le pied, ils
posent aussi le leur. Si je cherche, ils cherchent aussi.

Peu leur importe la lenteur de mes pas. Revenir en arrière
ne les dérange pas. Rester sur place un moment, refaire
encore une fois le tour de mon jardin : mon itinéraire leur va.
Tout ce que je fais les rejoint, parce que partout, toujours,
enroulé la nuit, déroulé le jour, un long fil de mots, ténu mais
tenace, me relie à ceux-là qui écrivent aussi et que j'appelle
compagnons parce que, du début du jour à la tombée de la

nuit, bien que nous ayons l'air de faire route tout seuls, chacun pour soi, chacun à sa manière, nous partageons le même
sol sous les pieds, qui souvent se dérobe et nous fait tomber
dans le même creux qui nous rassemble, chaque fois à nouveau nous rassemble.

Rien ne m'arrête plus

rien ne m'arrête plus
battez des mains, battez
comme des épouvantails
je n'ai plus peur de rien
rien ne m'arrête plus

On disait qu'elle était rétive. Un vrai cheval. Elle avait neuf ans. Puis elle en eut onze, puis quatorze, et elle était toujours rétive. Un vrai cheval.

On l'a tellement torturée avec ça, «un caractère, ça se casse», «un cheval, ça se dompte», on lui a tellement brandi le fouet qu'elle a fini par prendre peur pour de vrai. Une peur sans fin, presque aussi grande que ce qui avait voulu se rebeller en elle.

Pendant vingt-cinq ans, elle dressa l'oreille au moindre bruit. Elle avait beau prendre la fuite comme on prend peur, d'un coup, on finissait toujours par la rattraper, par la saisir au poignet.

Un quart de siècle, ça paraît long, comme ça, quand on entend l'expression à brûle-pourpoint. Un quart de siècle sur ses gardes, à toujours avoir envie de se tirer, se terrer : terrible. Un quart de siècle — je ne sais plus trop d'où je tiens ça —, c'est à peu près la vie complète d'un cheval. Mais c'est rien du tout, un quart de siècle, quand c'est un morceau de sa vie qui vient de filer, comme ça.

Elle avait neuf ans. Quatorze ans. Trente-neuf ans. Une folle envie de vivre et la peur comme des poids aux chevilles, aux poignets, une barrière dans la tête, des barreaux devant les yeux. Des murs partout, partout.

Et puis un jour, c'est horrible, c'est prodigieux, tout à fait incroyable : du jour au lendemain, elle a quarante ans. D'un seul coup.

D'un seul coup, c'est la fin. Sans prévenir, tout s'effondre.

Ça s'écroule. Tout s'écroule.

La surprise totale.

C'est inimaginable et étonnamment vrai : la vie qui commence. C'est la vie qui commence. Avec une fureur et une présence d'esprit jusqu'au bout des orteils, de l'élan plein les doigts, des idées qui font jouer des coudes comme jamais, du feu dans les yeux : le bâton, je le casse sur le dos de celui qui l'agite devant moi, le fouet, je le saisis au vol et je le fais claquer à mon tour. Écartez-vous, reculez ! Je ne saurais l'expliquer — peut-être un truc avec les hormones, comme à l'adolescence — pourtant c'est la pure vérité : plus rien ne me fait peur, rien ne m'arrête plus, je suis bandée comme un arc, fougueuse comme un cheval, rien ne saurait me ralentir, le galop est en moi comme un feu roulant, écartez-vous, ne tendez surtout pas la main pour me retenir, j'écrase tout sur mon passage, je ne saurais dire d'où ça vient, mais en moi, c'est la vie à tous crins.

Rien ne m'arrête plus.

Rien ne l'arrête plus.

Rien.

Exercice de disparition

À la mémoire de Jean Bureau,
parti au moment où j'écrivais ces lignes.

Certains prétendent que la vie est trop longue pour ne pas en rire. C'est absolument faux, enfin, je veux dire : que la vie est trop longue.

La vie passe comme une étoile filante.

Dans quelques années, nous tous, sans exception, nous allons disparaître.

Bientôt, nous ne serons plus là.

Ni vous, ni moi.

Moi, quand j'y pense, ça me donne des frissons. Chaque fois, j'ai une petite sueur froide, là, qui perle sur le front.

Dans une centaine d'années, au grand grand maximum, il ne restera plus ici aucun des milliards d'humains qui occupent aujourd'hui la terre. Incroyable, mais vrai : aucun.

Surtout pas vous, surtout pas moi.

Vous et moi, qui savons déjà lire et écrire, avons une bonne longueur d'avance sur les derniers arrivés.

Parfois, quand j'y pense, ça m'angoisse jusqu'à la racine des cheveux, ça me fout la trouille et des gargouillis dans le

175

ventre et j'ai envie de hurler. Est-ce que je serai capable, le grand moment venu, de faire ça justement comme une grande ? Ou vais-je bêtement me buter, m'accrocher, refuser de disparaître ?

C'est ce que j'étais précisément en train de me demander, l'autre soir vers vingt et une heures dix-sept, lorsque *soudain* le téléphone sonna.

Il n'y a rien qui me fasse sursauter et fasse se débattre mon cœur autant que la soudaine sonnerie du téléphone vers vingt et une heures dix-sept (surtout le dimanche soir) au milieu de cette question : serai-je capable de mourir quand viendra l'heure pour moi de mourir ? Je ne connais vraiment rien de plus déroutant, de plus frivole et de plus réjouissant que ce téléphone pouvant vous arracher d'un coup (d'un seul) à vos angoisses et vous précipiter dans un babil joyeux et léger, nono et zinzin — comme seul le téléphone peut le faire, quoi !

C'est pourquoi je ne réponds plus lorsque sonne et résonne, insistante, cette invention du diable le soir entre vingt et une heures et minuit, les pires heures pour les questions vilaines et les grands tourments, et le meilleur moment d'y faire face.

Je ne babille plus, j'écris.

La vie passe beaucoup trop vite pour ne pas prendre le temps d'écrire noir sur blanc ce qui nous tient à cœur. Vraiment à cœur. Non ?

Mais surtout : écrire est une excellente façon d'apprivoiser l'idée de disparition (la mort, la mort). Mieux : c'*est* un exercice de disparition.

Car quoi, voici des milliers, des millions de mots, des centaines et des centaines de langues, tout plein d'alphabets, des pays, des villes, voici des milliards d'objets, des mil-

liards de gens, des maisons à n'en plus finir, des mets à devenir gros comme une planète, des véhicules, des maladies, des
jeux, des paysages, des sentiments, des animaux et des couleurs et l'immense chaos dans lequel tout cela se bouscule et
s'entremêle.

Et vous et moi qui tâchons d'y voir clair. De nous y
retrouver. Un peu.

Dans la grande pagaille, les bruits, les cris, les contradic-
tions, les récriminations, les accusations, qu'y a-t-il d'autre
que les mots, noir sur blanc, qui puisse arriver à tracer des
chemins de sens ? À départager les causes, les effets, les
gens, les objets, les liens qui relient tout ça ?

Alors, écrire.

Chercher les mots exacts. (On ne perd rien à chercher, en
tout cas.) Essayer de bien formuler les choses — essayer, il
me semble que c'est toujours un bon début. Pour y voir clair,
un tout petit peu. Pour calmer les esprits, faire taire les
rumeurs, les clameurs, les hurlements. Le tapage. Les com-
mérages. Pour se sentir mieux. Avoir de moins en moins
besoin de s'expliquer, de moins en moins de comptes à
régler, être de plus en plus au-dessus de tout ça. Pacifié, flottant. Superflu.

Parce que quand on trouve le mot, quand le mot trouve
sa chose et chaque chose, son mot exact, tout devient plus
clair. (Plus harmonieux ?) On s'approche chaque fois un peu
plus du silence. On s'habitue au silence du silence. On l'apprivoise, on l'apprivoise, et puis un jour on se dissout
dedans. On disparaît. En douceur. Paisiblement. Parce que
tout a été dit, qu'il n'y a plus rien à ajouter et qu'on peut partir, maintenant. Disparaître.

Alors, j'écris.

Et vous ?

Et vous, vous faites comment ?

Mais regardez, regardez ! Ouvrez grand les yeux : la vie passe ! Un trait de lumière. Une étoile filante.

J'ai fait un vœu.

Et vous ?

NOTICE BIBLIOGRAPHIQUE

Les textes suivants, sous une forme ou un titre parfois différents, ont fait l'objet d'une prépublication : « Le menton de la femme douce », « Apprentissage », « Quelque part au mois d'août », « Une journée dont on se passerait bien », « Abandons », « Ton petit dauphin » et « Le plus difficile » [« Et ce serait... »] dans *Écriture*, n° 31, automne 1988 ; « Étoilement » dans *Écriture*, n° 31, automne 1988 et *Brèves littéraires*, vol. 8, n° 1, automne 1992 ; « Tendrement », « Générosité » et « Maintenant » dans *Le Sabord*, n° 27, hiver 1991 ; « Pesquetoizan » dans *XYZ*, n° 28, hiver 1991 ; « Traces » [« Amélie »] dans *Moebius*, n° 47, hiver 1991 ; « Retrouvailles », « T'aimer sans », « Ce dont je parle », « Dans la maison » et « Ce qu'on sait » dans *Brèves littéraires*, vol. 8, n° 1, automne 1992 ; « Chiures de mouche » [« LUNDI, 11 h 59 »] dans *XYZ*, n° 32, hiver 1992 ; « Rien ne m'arrête plus » dans *Le Sabord*, n° 33, hiver 1993 ; « Le bruit d'un avion qui décolle » dans *Arcade*, n° 26, hiver 1993 et *RegArt*, n° 18, hiver 1993 ; « L'aiguille au fond de la mer » dans *Petits et grands nocturnes*, XYZ éditeur, 1993 ; « Colères ! » dans *XYZ*, n° 34, été 1993 et *L'année nouvelle : le recueil*, Canevas, Les Éperonniers, L'instant même et Phi, 1993. « Une femme » et « Que serait un meurtre à côté de tout cela ? » sont des extraits remaniés de « Une femme s'en va » et « Le psychiatre jouera du piano », *Dernier accrochage*, XYZ éditeur, 1990. « Ce qui convient dans de telles circonstances » a pris forme à partir d'extraits remaniés de « Objets indirects », *L'autre, l'une*, Le Roseau, 1987.

Certains textes ont également été lus, parfois dans une version différente, à la radio MF de Radio-Canada.

ACHEVÉ D'IMPRIMER
EN SEPTEMBRE 1993
À L'IMPRIMERIE D'ÉDITION MARQUIS
MONTMAGNY, CANADA